來自雲間的尼尼

打開畫家的靈感之門

黃本蕊

前言／

碗中的故事

是的，我永遠不會忘記，
我，是個左手捧著碗，右手以筷挾菜，
在「碗」的文化中長大的女子。

一日，外頭下著大雨。
雨珠一滴滴落到放在窗台上的一個舊碗裡，
那原本是一個墊在花盆下用來接水的碗；
久了，花盆裡的植物死了，花被移走了，
而碗，卻給忘在那兒。
那是一個青花的，有缺角的碗……
雨一滴滴下到碗裡，

我看著這景象出了神，
恍惚中，竟然看到了一片雲，一彎月，
一頭牛，一張椅子，一棵樹……
它們通通縮小了身子，一一落入那碗中，
像雨珠子一樣的。

「碗中的故事」，我不禁聯想著，
長久以來，這不就是我的工作嗎？
我將一個個故事，
種在我這碗裡，用文字播種，用畫筆澆水，
它們便各自成就了自己的模樣；
現在我繪畫，碗，自己成就了自己的故事。

兔子的夢 Bunny dreams, 2009

碗中的兔子 Bunny in the bowl, 2009

碗底下的兔子 Bunny behind the bowl, 2009

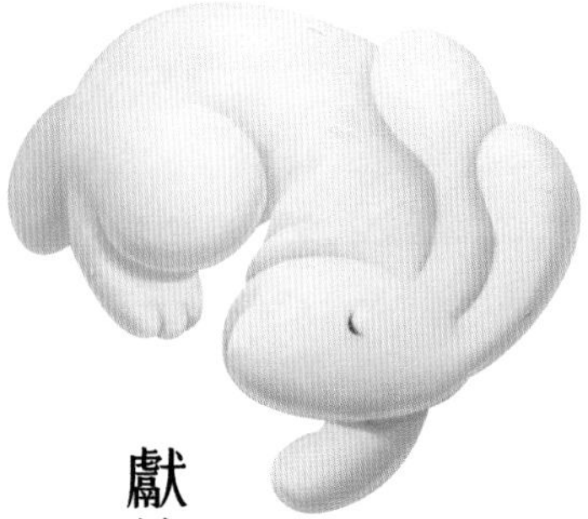

獻給不離不棄的尼尼

目錄

生活星辰

軟性抗爭

關於愛情

帶我走更遠的路

有些話

開心大集合 Happy together, 2009

一個落幕式和一個開場白

——從插畫創作到純藝術創作

故事發生在那年三月一個無聊的午後……

我坐在畫桌前，百無聊賴地盯著那張畫了塗、塗了擦的畫紙，明知交稿日期在即，內在的我卻只想把這份責任心丟出去，跟它說「拜拜」！我真心只想打混，只想塗鴉……

三月下旬在西方文化裡，正值復活節的前夕。不論走過店家或是打開電視，最不容易忽視的，就是代表春天即將降臨的復活節兔子。是不是這個肇因，至今也無從考起。總之，那個片刻，不知哪兒乍現的靈光，在我手下出現了一隻奇怪的動物，那是個造型頗為詭異的兔子！說不出喜歡或不喜歡，但是那整個下午，我竟然忙著與這隻小動物互動：「有事嗎？」我好像問。「沒事，有點話。」牠好像回答。之後十幾、二十個與當時工作全然不相關的兔子前仆後繼地在畫紙上出現：穿雨衣的兔子、跟大兔子對話的小兔子、跟影子牽手的兔子、夢遊兔子、美容院燙髮的兔子、碗中的兔子、雕塑與兔子……好像牠們在我體內沉潛了好久好久，終於在那個下午像決堤似的一個緊接一個流瀉了出來，來不及似的！好像牠們有話要說，是我有話要說嗎？我像個長久不曾開口的人，終於張了口，話語像是滾出來似的，生澀又不穩定，不但跳動還彼此歪斜碰撞……

之後，為了確認那是我的原創，而非在哪兒被哪張圖畫影響，我還特地上網請問了谷哥大神，等確認了那是絕無僅有的首創之後，我頒給了這隻小兔子牠的首張身分證：尼尼。隨後幾個月，第一、二、三、四張等等的尼尼繪畫相繼問世……

現在回想，怎麼也無法想像，當年那個神奇的午後，開啟了我人生的下一個起點。雖然至此，我的插畫工作好像也順道落下了幕，但事實真是如此？我從插畫工作走到純藝術創作，一個落幕式和一個開場白之間，真能以一線隔之？它們之間的切換，看似是出版業和畫廊業的差別；作品的呈現，也是在紙本書上和在畫布上的區分，之間講的是不相關的兩回事。這麼多年來我不斷回望，今日終於明白了，這不是同一個創作者的前後兩個人生，而是隨著年歲漸增，所知所感來回擺盪，此消彼長後而組織起來的一條長橋。我從橋的這一頭，慢慢走著到達了另一頭，不管之前我做什麼開始，其間轉折做

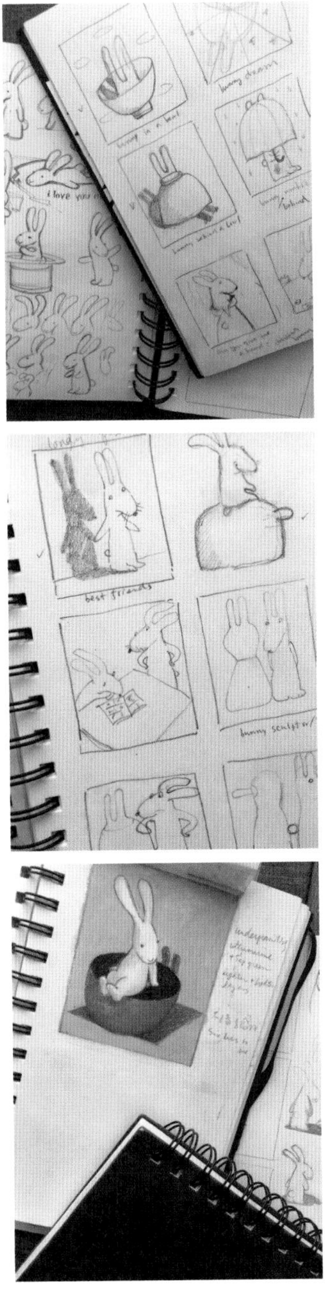

最早期的草圖

了什麼，最終又以什麼結束，每一段經歷加起來的林林總總，營造出來的就是今日我這個獨一無二的創作者，創作著現在這樣的作品。之間每個經歷都是必然的存在，似乎不存在著偶然。

一直以來，每當有人問我為什麼畫兔子？我的回答常常是各種的——直接的、間接的、潛意識、顯意識……現在，這些意外闖入我畫布上的兔子已逾十年，我看著牠們安適地坐著看著我，其實，我最無法否認的是自己過去二十多年的插畫經驗，使我選擇了兔子這具有插畫氣質的形象，作為藝術創作的開始。一個人若決定開始創作，即便是抽象創作，這創作必有其源自何處，怎能僅因為想要創作，作品就誕生了？我在無聊乏悶時塗鴉的各種兔子中，還有比大家現在看過的更為詭異的造型，我在大量的塗鴉中，挑選出較能適任於繪畫中的兔子們，讓牠們用身體、眼神、動作，擔當我的繪畫中的主角、配角，或是路人甲乙丙……當時只是抱著好玩的心情創作，沒想到牠們艱鉅的任務就此開始，而且到今天已經邁入第二個十年了！

2017 蘇州誠品展，蘇州誠品攝

行走的人

記不得當時情景，
但那種「初生之犢」的感覺還在。

第一次搭飛機來紐約，
第一次乘地鐵進曼哈頓。

人的記憶終究是不可靠的，
但是那二十年前的光景竟然歷歷在目。
那一回，暫住友人家，
友人忙碌，由友人的友人領我搭乘地鐵。
至於怎麼轉車的，哪一站下的車，則全忘了。
只記得，
出了迷宮似的地下鐵站，

層層高樓，熙攘人潮，一時都快轉了起來，並
「轟」的一聲，全擠進了眼簾；
東南西北在哪兒？我要去找的人在哪兒？
只有鼓起勇氣，大膽前行了！
只記得，那一晚，
夢見自己變成羅丹的〈行走的人〉。
沒有頭，只有四肢和軀幹；
「我前去，我前去，我不知將往何處，但是我前去。」
這是詩人雨果說過的話。

第一次的紐約經驗已遠，
但是偶爾，不特別期待時，會與過去那個自己相遇；
我，帶著我，回溯一路走來的路。
於是，我想起來，初生之犢不畏虎，
是因為不知，所以不怕，所以前去。

如影隨形 I am followed by my own shadow, 2009

很久以前寫這段短文〈行走的人〉，是描述自己初到紐約，尋訪經紀人當時的經驗。二十年後暫別插畫，回歸繪畫，以為自己身心俱熟，面對往前的道路應該十分清晰有把握，換句話說，就是已老神在在了。沒想到，我，還是被過去那個我牽引著，一路回溯來時路，憶起當時初訪陌生城市，那股初生之犢的初心。一轉眼，十餘年一閃又逝，我回頭望，彷彿看到那個年輕時的我，勉勵著這個年逾中年的我：不知，所以不怕，所以前去。

BR09

經紀人與我

佩姬，三張明信片和退休

二十年前，第一次見到她；二十年後，她退休。她，佩姬．C．吉里斯，是我的經紀人，合約、故事、插畫，是我倆二十年間的交集；其餘的？沒了。真的沒了嗎？為何總覺得自己是母雞羽翼下被呵護的小雞，有她在時，好像連世界都繞著自己轉？

書桌前，釘著三張佩姬連續三年寄來的賀年卡，幾月幾日至幾月幾日不上班的通告。三張明信片裡，畢卡索、梵谷與林布蘭，各自提著畫，不解地想著：我怎麼這麼倒楣，人家休假去了！曾經玩笑地對她說，有朝一日，我也要回去畫畫，做明信片中人。她笑笑而不語。一日，她來看我，笑著說：我要退休了。我要回去畫畫，做明信片中人去！小雞終究得長大啊。

PUBLISHERS' GRAPHICS
PICASSO
PUBLISHERS' GRAPHICS
CLOSED DEC 22- JAN 1
PUBLISHERS' GRAPHICS

PUBLISHERS'
May
All Doors
Open to You
In the New Year
Love to you & your Family
Illustration by Pam Paparone
Benrei Huang
Huang Studio
New York

佩姬的退休，她的離去，是真正讓我改變的導火線。她在六十歲左右時，告訴我她要退休了，去圓一個她長久以來還未完成的夢，她要去做畫家。從一九八七年之後長達二十年的合作關係正式畫下句點。我除了對她獻上衷心祝福之外，也只能接受並盡量學習適應新一代經紀人的行事風格。

回想當年很年輕，才二十幾歲的初生之犢，我就獨自去了紐約從事插畫工作。在沒有電腦輔助的年代裡，插畫家幾乎都是徒手創作。有很多插畫家，其實另一個職業是畫家，插畫是商業藝術，有收入，可營生。而藝術是自我嚴謹的苦修，但一方面也可給插畫風格及內容添加養分。出版社對待插畫家如同藝術家，插畫家當然看待其作品為藝術創作，這點大概至今也沒有不同。只是在那個時代，插畫家完成了作品，常會親自交給出版編輯，在工作上，有很多人與人之間的互動，所以不得不互相尊重，各司其職，也不會踰矩。這點，可以從很多年前的經驗來印證——我第一次嘗試電腦創作，交給出版社十幾張列印出來後再處理過的作品時，那位年輕編輯仔細審視過後說：「你的畫的邊貼得好精準，好像印刷品啊！」她從未聽過電腦繪圖這名詞，對於插畫家的工作內容更是陌生。以此得到證明，她真的不懂編輯之外的事呢！

我要尋找的……

後來的故事，還需要我多說明嗎？電腦盛行了，網際網路改變了大環境，也改變了出版業以及創作者，和經紀制度的風格與心態。我感覺我這種老式的藝術家，就要被淘汰了。哦！請別誤會，我可不是那種老氣橫秋，整日手扠著腰，批評時不我與、世風日下的人。當時還自認年輕，我也曾許下壯志並放出豪語，要給自己五年時間，看自己能有什麼改變，而我也真的嘗試了！

我曾考慮過自己成立個小型出版社，或圖書製作工作室，因為我有經驗，多少知道點出版業。當時中國旋風剛剛在世界吹起，而出版業最缺乏的就是有關亞洲故事的圖書，曾經有出版公司的編輯來接洽我，希望能出版一些這一類的圖書。我也曾到北京的中央美術學院城市設計學院教授插畫，也曾計畫回母校 School of Visual Arts（SVA）教學，或是開始藝術書籍創作，當然在此同時，我也開始寫書……但總感覺哪兒不太對勁，應該是一種感覺「不到位」的遺憾吧！直到最終偶然開始了繪畫，能夠不受侷限，自由地創作自己在意的題材與內容，並能盡情抒發過去在從事插畫工作時，不能宣洩心裡那一片被禁錮的灰色地帶的快感，才突然發現，原來，我要尋找的，就在手邊啊！而我的眼睛還曾不停地望向遠方搜尋……那種感覺像呼吸，也像回到家，是一種對的感覺。

共鳴的開始

——為何兔子?為何尼尼?

自從我的第一張兔子繪畫問世，這個問題就不停地被提出，多半是閒聊間好奇的問題。但是有一次，竟然是一位韓國的藝術策展人金先生提問的：「Why bunnies?」好了！我得要慎重地回答了。

有三組答覆，你可以選擇滿足自己的答案來聽，而它們都在我繪畫過程的某一時刻發散過或輕或重的影響力。

我可以既人文又懷舊地回答道：我父親生長在蘇州，中年來台，受到母親這個道地台北姑娘的吸引，成立了新家庭，生下了我，以及姐姐、哥哥和妹妹。選擇名為尼尼（nini）的兔子為主角，因為母親姓倪，屬兔。又曾經，一個愛爾蘭朋友說，nini在愛爾蘭語是妹妹之意（此語尚待查證，因為此兄當時正值酒醉酩酊之際），「妹妹」又是我兒時的小名，綜合這些小因緣，都令我對兔子，對尼尼這名字有一份來自前世的親切感。

另外，我也可以就心理層面上來分析「為何兔子？」兔子外型脆弱、面部

妹子 Sister, 2018

鮮有表情，你同情牠，所以認同牠，讓牠領你進入牠的世界，也就是畫裡。在畫面上，牠既是主角，又是配角；有時主觀，有時旁觀，你擔心牠身處大海、暗夜的柔弱，又怕牠迷航、失落；但有時又懾於牠毫不以為意的安適態度，「Why not? Why not bunnies?」

縱使以上種種，我想，比較偏向我個人的答案則是：因為長期與雕塑家先生一起生活，共用畫室，又好像是創作道路上的夥伴一樣，不停地對話。如此數十年的經驗，不難想像，我筆下畫的，不再只是兔子而已，也可以是一個個造型極簡、酷似兔子的白或黑色的抽象雕塑吧！而我更無法否認的，是過去長年研究插畫藝術又從事插畫家一職，一種對於外來的刺激能敏感接收立論，加上「傳播訊息」的使命感與執著已經深植我的內在，如影隨形，而且大到想放棄都難，於是漸漸地，黑白兔子有了動作，也有了情感，透過畫面的色彩、造型等等元素，又藉著一個個或長或短的標題，牠自己成就了一張張與觀賞者之間的對話，有人說，這種形式的對話，像是心弦上的共鳴，所以就稱它作「共鳴的開始」吧！

今天吹東南西北風
Bunnies don't fly, wind makes them, 2013

這年頭大家都要談療癒

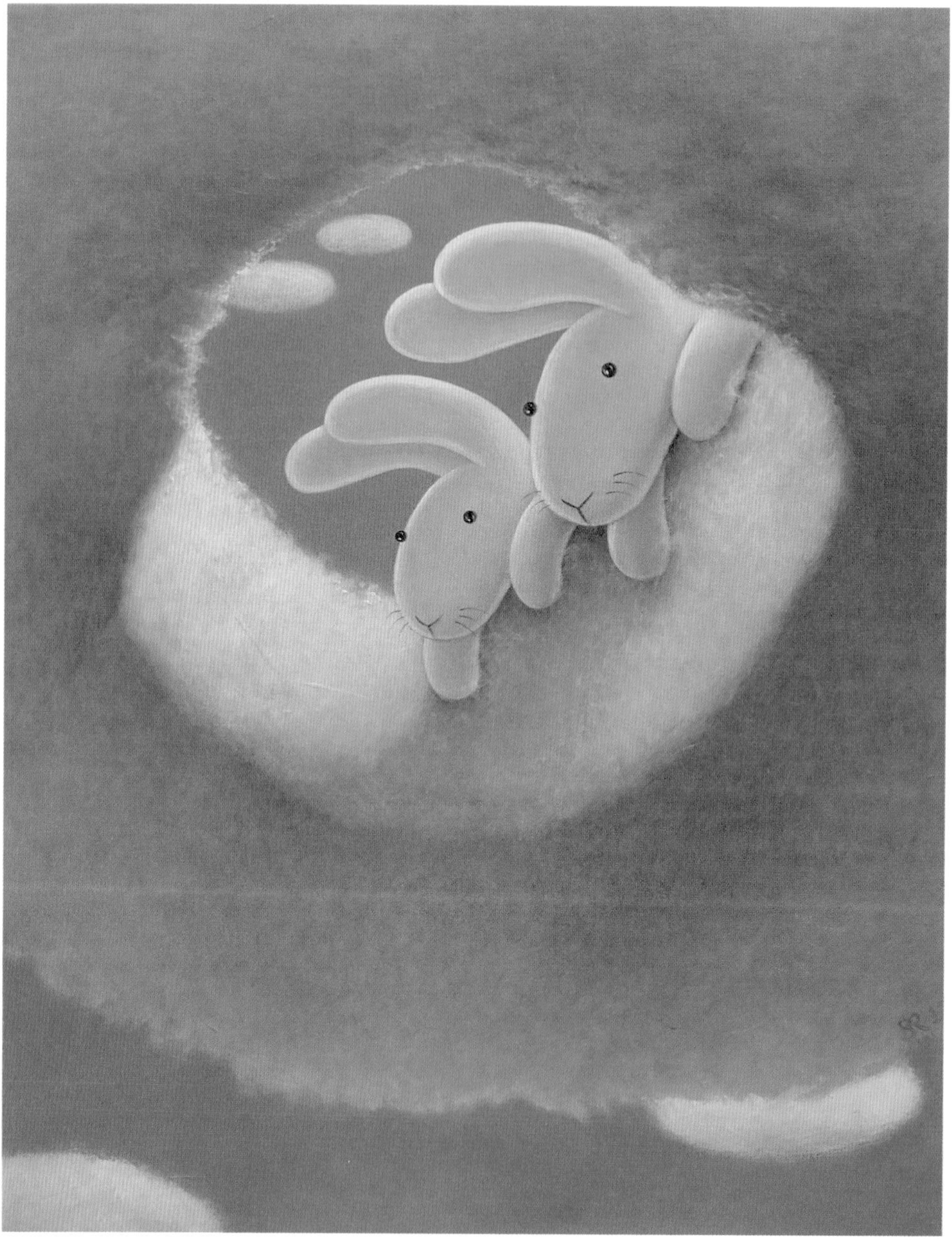

你如何修補一朵破掉的雲 How do you mend a broken cloud, 2011

幽默裡透著感傷——
其實我心裡很難過

在年輕時代，我曾熱愛西洋歌曲，其實都是當時的熱門音樂。Bee Gees 的一首〈How can you mend a broken heart〉曾叫我愛到心如刀割，唱到胃腸絞痛！

〈你如何修補一朵破掉的雲〉，左邊的尼尼問右邊的尼尼，或右邊的尼尼問左邊的尼尼：你知道這怎麼修嗎……工具？我沒帶啊！今天不是該你值日嗎……這是我慣用的幽默，但是其實我心裡在唱著那首歌，歌中的畫面不知為何，是一幕憂傷的電影畫面。

我被判終身無聊，鳥兒們卻對我說：

「請把籠子還給我們吧！」——你要怎麼想這事？

二〇一六年十一月，美國總統大選結束的幾天內，我哭了兩次，一次是為了大選結果，另外一次，是為了我心愛的老歌手，李奧納．柯恩（Leonard Cohen）離世而流淚。我曾想像，他應該是從天上私下凡塵的天使吧？得罪了天庭也蒙上了罪名。天使回不去了，只能沉淪在凡間經歷人間所有苦與樂。他的詩與音樂皆令凡塵之人痴迷，因而，他必須以他的歌聲來贖天上的罪。從他年輕時有時像閹雞般的嗓音，到老年後好像從天上穿過雲端傳來神一般的歌聲，直到他離世之前，都不曾停止過音樂。他的歌聲洗滌了我們入夜輾轉難眠的靈魂，也救贖了自己。現在，天使終於回到他久違的家了，我偶爾還聽他的歌，只是我的心已有一個無法彌補的破洞。這張畫，是受到他某一首歌的啟發而作——尼尼無聊地坐在鳥籠裡，百思不解為何會被宣判終身無聊，而一隻隻籠子外面獲得莫大自由的鳥兒們卻圍繞在籠子周圍，問：「請把籠子還給我們吧？」莫名其妙嗎？不就是人生嗎？你的，我的，他的。

我被判終身無聊，鳥兒們卻對我說：「請把籠子還給我們吧！」
I was sentenced to life in boredom, but the birds said,"Can we have our cage back?", 2009

求友被拒 He doesn't want to be my friend, 2013

求友被拒——

我說，他真的不要跟你做朋友，你有被療癒到了嗎？

我的創作，有幾個尼尼形象，一直被當作符號在畫中使用，這些符號不太有動作和表情，牠們只是被安排在那個位置，與畫面互動，所以我說，牠們可以是主角、配角，或不相干的旁觀者。這件〈求友被拒〉一作中尼尼的姿勢，在早期繪畫作品中，算是最有「戲味」的了！一天，心血來潮，我決定將牠立體化，當我辛苦地用羊毛氈的做法，一針一針，終於完成牠時，我讓牠安坐在家裡直立式鋼琴上，竟發現牠含情脈脈地看著我，眼神裡有著幾許溫柔、幾許落寞，迷茫中，我感覺我看到了自己的溫柔與落寞。牠用肢體、用眼神靜靜地說：我知道。

〈求友被拒〉，當他真的不要跟你做朋友了，你的失落、不願，是否跟坐在高腳椅上的尼尼一樣？你的身心已被懸在高處，哪裡也去不了，只有他（她）能領你下來釋放你。

抱歉！我說了實在話，但是如果我告訴你，求友被拒的尼尼能體會你這番心情，你有稍稍被療癒到嗎？

我的塗鴉，

把全世界都畫哭了

尼尼說：「我真的不是故意的啊！我只是在塗鴉，哪知我把全世界都畫哭了？」而事已至此，我能怎麼做呢？才能讓世界破涕為笑？

原來，世界的存在，是因為我的存在，我的眼睛怎麼看它，它就怎麼呈現。

每個人都手握著這枝塗鴉的筆呢！你想怎麼畫你的世界？

我的塗鴉，把全世界都畫哭了
I am guilty of painting the whole world crying, 2010

遇見天使

又見天使

多年前，孩子還很小。

一天，孩子上學，我一人隨處晃，踱入一家大眾化的服裝店。需要把隨身物品寄放在入口處？Damn！真麻煩！很不起勁地，我隨處掃描一下便打算離開，把手中號碼牌交給了門口寄物處的警衛，他接過了號碼牌，找到我的袋子，遞到我面前，我一手接了袋子，他那端卻牢牢地不放，我稍用了點力，示意我接到了袋子，他也更使力地牢牢抓住袋子；我愣住了，看著這傢伙，一個穿著警衛制服，微微發福的年輕黑人，嘴角似笑不笑，但極度誠懇地，說出了那句至今還不時迴響在我耳際的話：「You're not happy.」

他為什麼這麼說？他在說什麼？是我聽不懂英文嗎？哦！是我的嘴形，一定是我的下弦月嘴形在作怪……有人說，我不笑時，看起來很嚴肅；準是這嘴形。我很害羞，對於這種突發狀況更是不知如何面對，只記得自己小小聲說了：「So……」他鬆了手，我就作勢很酷地揹了袋子走開了。

更多年前，曾經看過一部電影，片名叫做《天使詩篇》（An Angel at My Table），紐西蘭一個女導演珍．康萍（Jane Campion）所導，改編自另一個紐西蘭女作家珍奈．法蘭姆（Janet Frame）所著的自傳電影。一個極度平凡的成長過程中，遇上了非我的環境，導致她精神異樣，甚至常被迫精神治療；我看到她的掙扎。為了存活，她寫作，而寫作也使她活了下來，同時也擦出了非凡的火花。寫作、創作！最後成名的人生，她依然低調。但是想像吧：她的內在世界必定豐富。片子靜靜地娓娓道來，卻宛如詩歌一樣美，多麼鼓舞我也令人莫名感動。隨後多年，我忍不住地經常以這個片名創作，有時寫作，有時繪畫。我猜，我大概一直努力在尋找自己的桌上天使吧！

今年初，心血來潮，又把這部電影重看一遍，還是那麼感動，還是極受鼓舞。但是，我感覺到，那感動、那被鼓舞的層次已經不太一樣了。以前的感受是：啊，我嚮往；但現在我感覺：啊，我瞭解。一剎那間，那位服裝店警衛盤桓不去的話語和他的臉龐又砰地出現了！這麼巧？於是我想，難不成，他就是老天爺派給我的天使？而我早已與天使邂逅？

終極天使就在眼前，但你得睜開眼去看

Angel is guarding your cross, 2012

Benrei
2012

你相信天使嗎？

我想，天使存在的必要條件，就是信念。現在的我，相信我有被守護著，也相信自己很幸運，並且相信即便一人獨處，我也不感寂寞。

為何我要談天使？我從未見過自己所存在的這個維度之外的任何影像，天使於我，就是「守護」「幸運」「陪伴」這些字眼的總和與代言。即便有這麼多信念，我還是沒見過天使，但是我相信祂，因為祂會以各種形象出現在你需要的時刻，即使你當下渾然不知，許久之後才明瞭。

二十三歲時父親過世，隔沒幾年，母親又離開我們，短短幾年驟失雙親的措手不及之憾與深深的失落感充塞在我身體許多角落。很可惜，這份傷痛從未被正視過，也沒有被好好撫慰過，更別說有任何抒發的管道了。久了，這裹著一層又一層失落帶來的寂寞，混進了隨著年紀漸長對生命的各種疑惑與抗衡，造就了我性格上憂鬱的基調，儘管我的外表是那麼明朗，但是我很清楚，這被忽視了很久的失落與憂鬱，即使硬將它沉到深深的心底，總有一天它終要浮上來，逼我去正視的。

直到尼尼進入我的生命這些年裡，這隻意外的訪客一步步陪伴我摸索，我感覺自己想要奮發的心意也隱然若現。而這隻兔子不離不棄，陪我進兩步退一步地成長，這長年被怠慢的內心也慢慢地溫暖起來，能感覺到養分了。牠幫著我把對父親的思念放入畫中，對青春逝去的惆悵也悄悄化成元素藏進畫裡去了。對很多議題我有疑惑有異議，也可不必避諱地作為題材，甚至對青春期兒子的火大也能公然成為「畫題」。我終於感覺到清新的空氣在身體流動，也能觸摸到自己的內心，稍稍撫慰了。

對我來說，天使是存在的，有人會說，那哪是天使？不就是我們的人生導師嗎？有可能是一隻蝴蝶，一石一木，或任何有形無形有生命無生命的什麼，祂們會以不同形象出現在該出現的時與地，但是你要及時睜開眼去看。

桌上的天使 An angel on my table, 2010

桌上的天使 之一

天使 蹲在她的桌子一角 直直地注視著她
她 從未抬頭 甚至瞥一眼 蹲在她桌角 注視著她的 天使
她只是 兀自 奮筆疾書
此刻 時間是凝固的
時間 就丟給天使去操心吧
天使的手中 握著一個小鐘
鐘的鈴響的時候 天使遲疑地 叩叩叩 敲敲她的肩頭
啊 該走了 她站起來 穿了外衣 打開門 走入風雪中
天使嘆口氣 把鐘撥向下一個時間
靜靜地蹲著 等待她回來

桌上的天使　之二

深怕驚擾她　又不得不打斷她
桌上的天使的工作
只是在時候到的時候　拍拍她的　肩頭
沒有什麼喜歡不喜歡　樂意不樂意
她有她　必須做的事
桌上天使必須做的　事
是在時候到的時候　把她從　自己的迷宮裡
喚回到　現實的　生活中

放心出航吧！天使為你護航 "Bon voyage!" says your guardian angel, 2013

你如何定義靈感？

你如何定義靈感？

我的繪畫靈感，大都是來自生活周遭大小事，所見所聞所感，也有很多時候是心情的寫照，或想要某種文藝的情懷，說來稀鬆也很平常。但那是一段很奇特的邂逅與長達將近二十年的無心經營所打下的底子。

二〇〇一年，我所居住的紐約遭受恐襲，我親眼目睹那兩棟世貿大樓遠遠從我窗外消失。那一陣子社會各個層面所受的打擊與混亂自不在話下，人人心靈上的不安更是比感覺到的還要深沉。當時我手邊尚有幾份工作待完成，雖然一邊工作，一邊卻壓抑不住心裡的躁動，此時聽音樂不知為何竟讓人更煩躁，我索性關了音樂，隨手打開收音機，又隨意亂調頻，也不知自己在尋找什麼，因為很少聽廣播，所以搞不太清楚該聽什麼，此時它們多半是新聞，而且多半是恐襲之後的消息。無意間聽到某個保守派節目主持人大大抨擊那些中東國家之後還撒野地歡呼「哈利路亞！」他的意思是：「看我們美國多麼強大！」不只言論囂張還鄙夷他國，這種行止，簡直有辱自己的宗教嘛！那種偏激的言論令我很不舒服，我趕緊讓他快速滾出我的耳膜……

這麼轉動著頻道之間，突然，一個溫柔的話語，像天上灑下的玉露，那麼滋潤富有人性！我好奇地聽了下去，那玉露竟然漸漸成了甘霖，正是我當時飢渴的心靈所嚮往的陪伴。我因此結識了紐約公共電台（WNYC），從此與它結下了長達近二十年的緣分，每一天我工作，必會有它陪伴。我聽社會、時事、藝文、生活、科學、政治……這麼多年來，我常笑說，我這根本是在上社會大學，果真有社會大學的話，我想我應該拿到博士學位了吧！

內在強大，心有所屬

縱使這麼說，其實我最喜歡的與最受用的，是其中的幾個節目主持人。他們的說話談吐、對待來賓與接聽聽眾電話的態度、用字遣詞、應對進退，都讓我感受他們的智慧與品格的高度。作為聽廣播的人，除了學習新知，更能學習做一個心靈豐富且真正悲天憫人的人，我很感激自己的幸運。不能否認，我的很多想法、見地，都是在這裡萌芽的，否則作為一個自由業者，一個人妻、人母，我的生活也可以只是柴米油鹽而已。因為這個園地，有十分多樣的內容，有我關心的各種時事，有我所屬的藝文，還有作為地球公民，它有相當大的關懷與責任心，也有許多相關的節目與議題。這些都像是種子，深深撒入，由我吸收灌溉，這麼多年來，它讓我內在強大，心有所屬。

架設自己的天線和雷達

但是這一切進行，都不在自己的計畫之中，當時我只是因為恐襲之後的不安，想找一個豐富的背景聲音，尤其是人的說話聲音伴我工作，免除寂寞與胡思亂想罷了。殊不知一路走來，我無形中強壯了自己的心靈體質，也學習了架設自己的天線與雷達，真可謂無心插柳。當開始回歸純藝術創作之初，我感覺思緒、靈感和創作欲望一波一波拍浪而來，經過這長時間的預備自己，加上之前二十多年沒停止過的插畫工作上的專業訓練，我一點也不意外自己真的準備好了！

接下來，不論你的靈感必須向外在搜尋或向內在探索，它們最終都必須落在指尖上，意即，所有形而上的概念，都必須轉化成為另一種藝術語言，不論平面或者立體，數位、觀念或裝置藝術。

藝術家的身心就是一部帶了天線的機器，能敏感地接訊，吸收，消化，分解，再製造。我常常在紙上塗鴉，不去特別設想我的內容應該是「什麼事件」，我不在意事件本身，因為不論外在事件為何，最終它們還是要落在我心中，我要感覺那觸動我的最重要的部分是什麼？然後在不停塗鴉中，才有可能將之轉化成另一種藝術語言或元素、符號。

過敏季節 Allergy season, 2009

帽子裡的紙鈔與噴嚏

坐六號地鐵，趕一場皮影戲。

火車上傳來輕快的拉丁音樂，
四名西裔，手執吉他、提琴，
邊彈邊互相唱和著。
不知道他們快不快樂，但他們令我快樂。

其中一名女子，
手持帽子，沿著車廂，挨了過來。
我掏出一張紙鈔，放入她的帽子裡。

「你看她帽子裡已經有很多錢了，
還用給嗎？」閑閑說。

我笑笑，沒說什麼，
知道他不是故意小氣。

那一晚回家，畫了這張畫，
過敏季節。

聽到身邊一聲噴嚏，
不知道那噴嚏聲從哪裡來，
你只是直覺地掏了手帕遞出去。

你不知道在幫助誰，
也不用管在幫助誰；
有可能，你幫了自己的影子。

餐桌上的枯山水——轉折轉折再轉折

紐約的冬天似乎一年比一年冷，或許是年紀一年比一年忍不住冷？

那一年，滯留不去的嚴冬，首次令我渴望能夠即刻戴著墨鏡，躺在金黃色沙灘上過過晒人油的癮。那種嚮往，不不，根本是體內的飢渴，不立即飛去不可的欲望，導致我們跳上當週從紐約哈德遜河港口開航往巴哈馬的郵輪，才二十分鐘路程，我們的身心機制就已切換成度假模式了！

我去到巴哈馬啦！

這班郵輪的航向直指著巴哈馬，但說真的，巴哈馬不巴哈馬實在跟這次度假沒多少關係。停泊在港口，走向觀光客一批批的街心，真是愜意不足煞風景大大有餘。其實金黃色燦爛的陽光沙灘，才是我飢渴追逐的終極目的。七天行程，去了、回來了。有趣的是，結束旅程返家後回想到此程的，竟然是一連七天日日相同自助餐式的早餐，那個景象實在令人難以忘懷：食物在餐檯上、餐桌上、在手上、叉子上、湯匙裡；在嘴裡、在肚子裡。人被食物填飽，酒灌醉，太陽晒紅，再睡個飽覺，七天航期，換來個腦痴腸肥，但卻挺開心的旅人！

啊！原來人們說充電，這也行的。

．．．

事隔一個月下一趟旅程，則是陪同外子到日本京都展覽。充滿古寺舊廟的京都實在很難挑毛病，連觀光景點前來旅行的滿滿中學生們都能壓低交談聲量，靜靜地……這不能說我媚日了！

展覽之外的閒暇時光，我們走覽古都大小寺廟。那一日，進入龍安寺，原來是大名鼎鼎的枯山水庭園，我左看看，右拍拍（相片），高高地俯視，低低地仰慕……還記得那時隨口說說，這枯山水美即美矣，但還真枯啊！說完了，卻被自己的話語點醒，我明白了，為何以前看到修剪得極其優美有致的日式庭園，總覺得雅致過頭，卻很難令人真正感動，原來山水雖枯，卻是去蕪存菁，保留下來的，是最根本不可或缺的元素，恐怕也正是文化、歷史以及美感總總的精神精華所在，那多餘的矯揉造作與枝枝節節，就像那多餘無用的話語，像我現在一樣……沒有也罷。

短短兩個月間，兩種強烈對比的旅行，兩種愉悅經驗，這經驗可有交集？我一時間沒有答案，僅能任其沉澱。對話，交集，共識，轉折。需要許多時

間。結束旅行很久，一天，掀開本子，無來由地，〈餐桌上的枯山水〉草圖就任意地從指尖躍入紙上。

這可是它們對話的結果？

餐桌上的枯山水 Om at the breakfast table, 2014

繪畫有別於插畫

有個想法，我必須談一談，因為這對我來說十分重要。

當著手開始一張畫時，我很少有一定的程序或方式，我甚至很少主動去「發想」，可以說，是那張畫要求被畫出來的，說來很玄不是嗎？其實就是「感覺」到了。

〈餐桌上的枯山水〉這張畫，是在兩種截然不同的個人旅遊經驗之後，經歷長時間沉澱，畫面自己主動躍入紙上。沒有圖像在先，或中文、英文標題出現，一切都未經過設計，而是個人經驗的沉澱結果。這件作品，還是前後兩種感受十分不同的旅行經驗，我只是讓它們在回憶中沉澱，英文說是 sinking，我個人認為就是讓它進入你的身體裡，成為你的自然，最後成為你自己。略帶點批判的眼光，審視自己的作品有無矯情，再帶一點喜樂的態度，作畫畢竟是開心的事，少了它可做不下去。沒有設計，也不能刻意發想……哪一天，成熟了，在塗鴉草圖中就有機會慢慢呈現出來了，雖然一直以來沒畫出來的恐怕更多，那也是勉強不來的。

記得在大學學習純藝術時期，實在對學校設定的課程不感興趣，素描、寫生、靜物、山水……我盡量把自己當成修行中的僧侶，當一天和尚就好好敲一天鐘。現在回想，當時所喜歡畫的多半是課業之餘自己心裡的圖像，以為自己更適合文字與繪畫結合的創作方式，後來進了插畫研究所研究插畫藝術，又順理從事了插畫工作很多年之後，我慢慢能理解插畫與純藝術的不同了。

當我從事插畫工作時，對於傳達文字內容的工作有一種十分強大的使命感，我必須服膺它，因為這就是工作的首要條件。而我感覺插畫家的使命感，又如同社工一樣，為的是與普羅大眾溝通，扮演著橋梁一般的角色，連結作者的文字與讀者。所以通常內容都盡量直接明瞭，雖然鼓勵插畫家發揮但仍有所設限，不適合有太多的轉折與隱晦之處，所傳達的訊息也都不遮遮掩掩。我常思索，這感覺就像篆刻藝術一般，人說「方寸之美」，篆刻就是給你一枚石頭去創作，你能發揮的就在這方寸之間，要有美感，要能讀懂，而且還不能越出這邊際。

純藝術創作的邊際就廣大無垠了。它也不像插畫藝術一樣有那些事先的設限，因為藝術創作沒有必須服膺的文字，也沒有必須溝通的讀者大眾，這是真正的自由。我喜歡現在的繪畫，透過畫中的色彩、造型等等語言，得以自由地詮釋自己心裡的另一種人文影像。不過，因著個人的性格，我也在不自覺間嘗試著製造一個好像簡單明白，卻又存在無限發想的空間給觀眾。而因為對文字長期的喜愛，我也喜歡給我的畫，一個個或長或短的標題，這些標題只是我自己對於那一張畫的詮釋，以及與觀賞者之間對話的提示罷了。其實在我的創作中並不是那麼地缺其不可，有時觀賞者不需要看畫名便能獲得一種共鳴，更不需要畫中的尼尼來訴說設定的故事，觀者自己已經能將自己的人生經驗投入，反射出自己的看畫結局了。許多觀者的迴響常遠遠大過於我的創作初衷，這點也常常使我從創作尼尼的過程中得到絕無僅有的驚喜與快樂。

影子的存在

身體裡的聲音滿溢

——影子的存在

我的畫裡，時常有「影子」存在，我也時常被問到畫中影子存在的原由？

「影子是你？你的潛意識？反意識？你的心裡曲折反映？還是什麼？」我回答不出，也許以上皆是，也可能以上皆非。但我可以把握的是，影子雖非實體，在構圖時，它與主角「尼尼」可是同等重要的，就如同繪畫上的 positive space 和 negative space 的關係，影子與尼尼在「畫意上」就是這層關係。他們在畫中組織在一起，描繪著一個情境，你可以從中看到自己的影像，發覺到自己的潛意識、反意識，或是感受到心裡的曲折反映，還是什麼。都可以的。

其實我最接近的回答是，影子在我，是一個淡淡的獨立個體，在有影子出現的畫中，它都是正常的尼尼之外的相對的另一個可能性，因為是「可能性」，所以可以不合理，不受現實管束。我喜歡這種自由──對了，畫影子，代表意識的自由。

請包涵我不懂事的內在

你可能跟我一樣，長著一張好人臉，自小就是乖孩子。但是請小心，這樣的良善表面之下，我們也會有一顆狂野不羈的心，偶爾也會對哪個不順眼的傢伙咆哮呢。

尼尼在玩跳房子遊戲，牠不是〈龜兔賽跑〉裡面那隻兔子老兄，隨時隨地手腳麻利。尼尼偶爾對陌生的遊戲也會稍稍遲疑，得花點時間慢慢學著玩。而人生的戲總是這樣，就是有一個比你優秀的誰會適時出現，等得不耐煩了就開始閒言閒語批評你，或要指導你、糾正你。尼尼狂野的內在終於憋不住而火山爆發了。但是，那也只是尼尼的內在罷了。牠還要請你包涵自己不懂事的內在啊。

請包涵我不懂事的內在 Excuse my inside, 2010

別讓自己的影子給拖累了！把它帶上船吧！
Let no shadow slow you down, I brought mine on board, 2011

別讓自己的影子給拖累了！

把它帶上船吧！

以前常常覺得好累。除了工作之外，還身扮多重角色，每天要處理那麼多事，要滿足那麼多人的需求。久了，感覺自己的身與心越來越不同步，距離越拉越長。身體被白日的責任感驅著前行，卻有個聲音說：不用吧？不用那麼努力，偶爾散漫一下也無妨吧。我躺躺喔。

我的解決方案是：把影子帶上船吧。同步又同行，沒有急匆匆的身體，也不會有拖拉散漫的影子了。

之前我說了，影子之於我，有莫大可能性，它可以是一個淡淡的獨立個體，為何說淡淡呢？因為它只是正常的尼尼之外，相對的另一個可能性，可以不受約束，也可以不合常理，給它幽默的道具，它可以相當無厘頭的。學習素描的尼尼，總得找時間去美術館看看大師名畫，然而很誠實的影子一語道破了尼尼素描不及格之處。是不是很無厘頭？我個人十分喜好這種幽默。

這張畫的靈感來自幾十年前，我還是個認真習藝的大學生，常常去已故李石樵老師家學習素描，因為認為他是當時台灣印象畫派的大師，想學習光影明暗的掌握，當然非拜其門下不可。一天，聽到老先生評論一位同學的素描習作真是叫人拍案叫絕！他說，有的人唱歌，唱到高音就「咿咿叫」，唱到低音則是「吼吼叫」……雖然叫做高音或低音，但之間還是有不同層次的音高或音低，不能蒙混過去。而不能區分的人，當然唱出來都是一個含混的聲音了。言下之意就是：明暗，不是只有黑白兩色階而已，即便是暗處的影子，看來似乎很黑，它其實有很多不同層次的灰色調的。懂嗎？我不記得當時我的素描有沒有因此進步，但是這段趣事我是一輩子也忘不了的。

基本素描課程——這裡畫太黑了，要不，牠就是隻長了個黑尾巴的小白兔罷了！
This part is too dark, or, it's just a white bunny with a black butt, 2011

〈太極四式〉的誕生——
尼尼自己也有面對生命的態度

太極為何物？我不太清楚，也無暇深究。

說我偷懶也好，其實我是真偷懶，不想深究，因為在我好友之間，就有鑽營太極有得的人物啊——

我是懶極了！我推託的理由是——我心中自有太極啊——

不說別人，只說自己吧。恐怕一直以來覺得最該努力卻苦於做不好的，不過是求得一種牛步向前的平緩力道罷了。為了這種和緩的平衡，就得不停地在輕重緩急的運力之間時而消時而長。過程之間，我好似得到一種練太極的心得。以前記得有人說，練太極時，隨時想像抱了個球……這個球，可以大到無法操控（或者反給它操控喔！）假以時日，或可以轉變為一股精力，運氣自如；再下去，是不是可以和它相輔相成？（共生也！）最後，希望在夢中也能隨心所欲地變換太極，此時的我，當然是穩穩然地睡著大覺的嘍！

這就是我的〈太極四式〉。

太極四式 I know my Taichi, 2011

早期的繪畫作品中，出現了不少有影子的畫，因為尼尼有時需要互動的相對應，有時需要對立的一方。漸漸地，又衍生出更多想法與內容，這些想法，可以是我個人的立論，或說是人生哲學吧。這件〈太極四式〉就是在新的想法不斷湧現的時候，想以四聯作的方式敘述一個觀點的嘗試創作。雖然我不願顯得那麼嚴肅，可是我心裡是挺堅持這種人生態度的。不過想想，由一隻肥嘟嘟的兔子來轉述任何事件，我相信還是幽默的效果居大吧！

夢想

夢想大拍賣

如果真有夢想大拍賣，
你想買些什麼呢？

買回過期的青春？
或是失去地心引力的早晨？

是乘著彩紙摺船遠渡重洋？
還是該撐著大傘任天意領航？

有些夢想所費不貲，
還要你付出明日夜裡靈魂；
任其他只消黎明含苞的玫瑰　兩滴輕淚，
你要輕輕踏夜尋夢細想，
夢想大拍賣，你能買些什麼？

Dreams for Sale

If there were dreams for sale,
what would you buy?

Would you buy back the expired youth?
Or the morning that has lost its gravity?

Would you ride an origami ship and sail to a distant sea?
Or hold a gigantic umbrella and let the divine take you where it would?

Some dreams are costly, demanding your soul in return.
Let the budding roses at dawn shed two small teardrops.
Trod gingerly in the night searching for dreams and wondering ...

Where dreams for sale, what could you buy?
If there were dreams for sale.

是對那個討厭的傢伙在夢裡教訓他個千百遍？
還是罷了罷了疊起懶石一同出禪？

要舞著彩帶從天悠然而降嗎？
或是裹著華服和他互擁隱向雲鄉？

入夜，泡著銀河湯水摘星賞夜，
然後泛著金色小舟緩緩歸航？

也許買個靜靜夜裡等待天使的造訪，
救贖，買他個一打？

也許……

真有夢想大拍賣，
那時，你想買些什麼？

Give that pathetic individual a lecture for a thousand times?
Or simply daze into Zen by mindlessly stacking moss-covered pebbles into piles.

Descend agilely with iridescent ribbons from the sky?
Or embrace with someone in my evening best and glide into the clouds?

Deep into the night, immerse in the Milky Way and pluck stars,
Then drift slowly home in a gilded boat?
Perhaps buy a hushed night and wait for an angel' s visit.
Salvation? Buy a dozen at once for now!

Just suppose…

Were dreams for sale,
What would you buy?

英譯：周婉蘋

夢想大拍賣
Dreams for sale, 2013

關於〈夢想大拍賣〉

一直以來，我的作畫習慣都是想到什麼就畫什麼，很少事先計畫。那一次展覽也是，直到做完了這件立體作品〈夢想大拍賣〉，其餘展覽作品也差不多接近完成階段，才開始回顧那一年多來的畫作。細看自己每件作品，覺得它們都存在著那麼多的不現實，和不想面對現實，加上許多奇思異想。作品之間多少有這個共通性，我想這共通性，其實也就是貫穿我那一陣子創作時無論生活上或思緒上的所想所感，這感想大概可以就這件作品的標題來代表。

〈夢想大拍賣〉，創作的動機源於我在畫一張畫時突發的靈感，對於人們在情感關係上一種過度樂觀的錯覺而抱持的質疑。當時基於一點不羈和好奇的心態，我突然想製作這麼一件立體作品，想像它與畫能互相輝映，怎知歷經數個月的耐心實驗與辛苦製作，作品方完成，它卻兀自轉了個彎，自己走向另一個方向去了。完全不願擔負起我賦予它的小鼻小眼使命。

舉凡觀賞過這件作品的人，十之有九都給了我十分意外的觀後感，有些甚至頗震撼。從「感覺不到可愛吔」到彷彿像唐朝仕女雕像似的婉約寧靜之美，或是充滿古代貴族般莊嚴肅穆的氣息，一個朋友甚至聯想到已逝英國服裝設計師亞歷山大．麥昆（Alexander McQueen）的作品中一種生命靜止的晦澀的美感。這些朋友，已將自己的冥想、幻象，甚至願望，加上一些記憶，與這件作品揉搓在一起，製作出比區區的我更富想像力的廣大夢境。感於一件作品能成為各種可能性的大集合，我於是命其名為〈夢想大拍賣〉。

果真有夢想出售，你會買些什麼？

我想它會幫你拾起滿地傷心的楓紅，再製十二月的春天。

我的夢想，在針穿過線、線圍繞針之中，一點一滴給沽了來！

生活星辰

人群中自有引領風潮的你

〈人群中自有引領風潮的你〉顧名思義，與時尚風潮有關。住在紐約，上一趟市場也得打扮裝束一番，因為，你可能在哪裡驚豔一位你一直崇拜的偶像！我曾在自家附近的超市遇見我的偶像明星達斯汀．霍夫曼，我們在很近的距離四顆眼珠相對視……哦不！是一同盯著一根紅蘿蔔看……所以說啊！平常要注重修飾，冷不防，你要遇見心儀的人，而這人也許會與你開始一段什麼交集，即便只是一根紅蘿蔔！

裝束打扮，已成了我多年來的禮儀習慣。但是鮮少關注時尚動向卻又年屆耳順的我，今天出門該做何打扮呢？

人群中自有引領風潮的你
Why shop for new fashion when you are naturally stylish? 2018

飛行課程第一課——別忘了上發條
Flying lesson 101- always remember to wind up, 2011

飛行課程第一課——別忘了上發條

不知何時開始畫兔子與飛翔的畫，似乎怎麼也沒有關聯的兩者，卻能在我的畫中出現許多次。

應該是什麼人跟我說過，他做過最棒的夢，就是自己能飛了！我很想從心理層面去分析一下飛翔這件事，因為我從來沒有做過此類的好夢。能飛或不能飛，做飛翔的夢或從未做過此類的夢，必有其隱示。但是每當我想到飛，第一個障礙就是，那要學飛嘍！可真麻煩，可真難啊。儘管這麼說，從此，我就常常以「飛行課程」（flying lesson）為內容作畫，好像藉著這麼做，我就可以為了做飛翔的夢預備好自己。

到今天，我還是沒有夢見到飛翔的自己，不過我還是很好奇地期待著。

無聊三姿——不可或缺的必要存在

我看著這三隻極度無聊的胖兔子，怎麼也感受不到當初讀了已逝藝術家熊秉明的日記一書裡提到〈極限情況〉的一篇，受到何等感動的，但是當初這感動的確引發了多年後創作這張畫的靈感。他提到，當時他一人在巴黎留學，感受到藝術家脫離自己的土地，拔出自己的根，在異地成為一種孤立與荒謬的存在，在貧困、惶惑中磨練，尋找生命和藝術最後的意義。他又說，他感覺自己在那裡所學的和自己的土地上所需要的可能完全不相干，但又想，也許要做些完全不相干的事，然後才知道真正相干的事是什麼。後面他又加上：魯迅曾在紹興會館的陰暗屋子裡抄古碑。人問他抄古碑是什麼意思，他回答：沒有什麼意思。他自說：寂寞如大蛇纏著他的靈魂。但也就是在這個時候，他寫出了《吶喊》一書的第一篇小說〈狂人日記〉。這裡說的「寂寞」實在指的是心靈與理想上的。人在迷惘的時候，是不是去做些不相干的事，才知道真正相干的是什麼？我是這麼認為的。我還相信，有時候，無聊也是不可或缺的必要存在，有時候惶惶然的日子當中，是不是可以適時地喊暫停，給一點空檔，自我放逐一下，做一點無關緊要的事。這在步伐那麼急速又凌亂的現代人的日子裡，似乎越發有其必要性了。

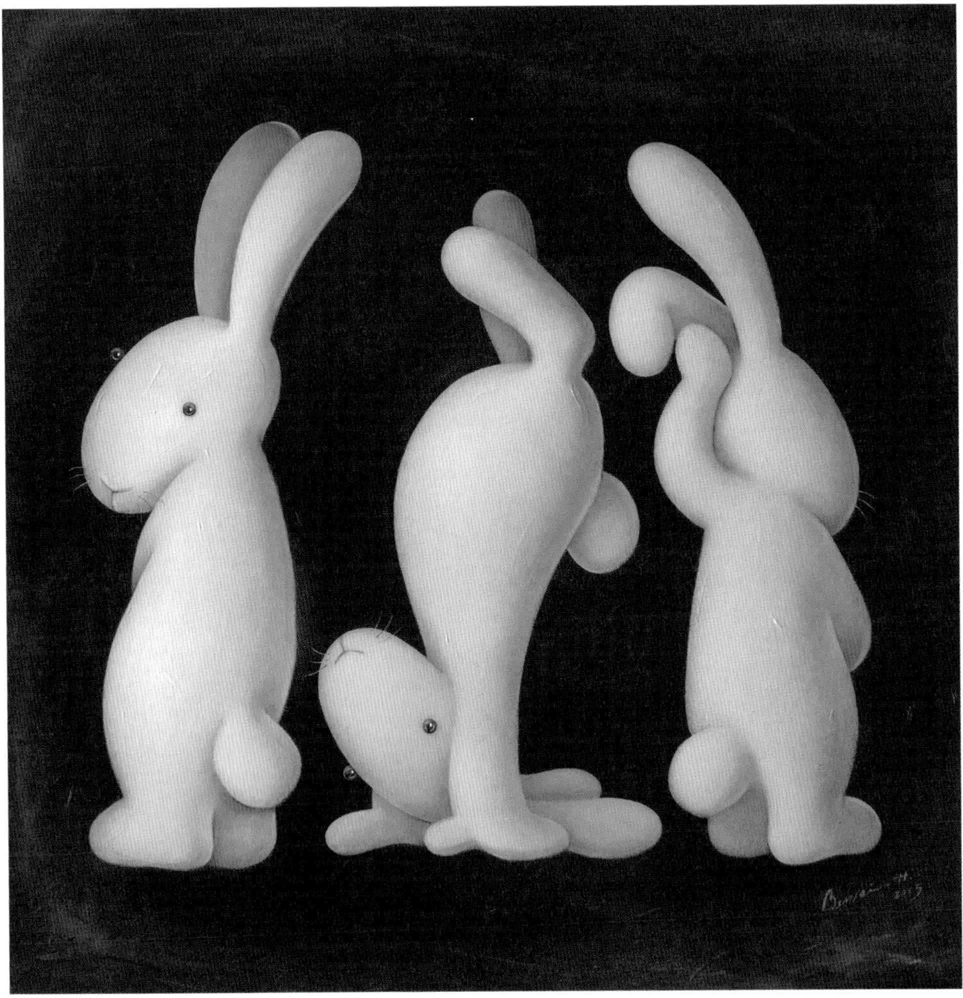

無聊三姿 Different shapes of boredom, 2013

他們劃破了天空，劫走了太陽，
卻讓我看到了滿天星空

我是這麼想的，如果你活到了一定歲數，也經歷了些平凡或不凡的人生，經歷過順利和失意，我想你也能跟我一起，站在這個小坡上欣賞那個奇異洞口的外面滿天絢麗的星辰吧？

他們劃破了天空，劫走了太陽，卻讓我看到了滿天星空
They poked a hole in the sky and took the sun, but I see the stars now, 2010

遺忘

這一次，天使化身為一隻蝴蝶，牠鼓動著如錦緞一般美麗的雙翅，在那個角落看見了為藤蔓纏身，被遺忘已久的尼尼。

一直以來，都是以滿足他人的願望為先，雖然努力不怠慢自己，最終還是忘了自己。那個需要被愛、被撫慰的小小自己被遺忘在各個角落。可以這麼說，蝴蝶，是我賦予「勇氣」的一種形象，牠是這麼美麗，因為你肯立下心願，要開始愛自己。牠的美麗，是因為你的勇氣。

遺忘 forgotten, 2014

花之吻 a sudden touch, 2018

花之吻

尼尼的大特寫，牠靜靜地，關注著一枝樹梢，忽然一朵花兒落在牠的鼻尖，牠還是靜靜地，不曾移動。

我是這麼想的，當你很安靜地看著牠，關注牠，牠也會以關注回饋你。這有什麼目的？有什麼作用？大概沒有吧。我只是想這麼說。

月亮變奏曲

以前很喜歡聽巴哈的無伴奏大提琴變奏曲，因為聽很多次，一天，開始自問什麼是變奏曲？因為我不是音樂專家，自然不解。查字典，variation 一字的定義是：a different or distinct form or version of something。月亮是我的最愛，我想浸淫在不同形式的我的最愛裡。這件四聯作〈月亮變奏曲〉，給了我心滿意足的回報。

月亮變奏曲 moon variation, 2017

與智者同出禪 Om with the wise, 2013

與智者同出禪

我喜歡海邊，每年夏天，我們都會去紐約長島一個開車只消一個多小時就可到達的小海灘。那裡充滿了鵝卵石，每次到那裡散步，我都忍不住一路撿拾被海水侵蝕，又洗滌潤澤過的美麗石頭。

「它們原本也不是這麼美麗的吧？」我心想，是時間的洗禮。若是海水有知，它花了多長的時間，終於把一個個頑石沖刷得那麼滑順、那麼慵懶，海水是否會覺得功不可沒呢？我想海水會覺得我很無聊。

尼尼撿了好多石頭，疊起了幾個，石頭不動如山，像智者。於是尼尼決定與智者同出禪。

禍兮福之所倚，福兮禍之所伏

老子的意思，是說禍與福互相依存，可以互相變換；禍可以是造成福的前提，而福又可能含有禍的因素。也就是說，好事和壞事是可以互相轉化的。成語說得極是：「塞翁失馬，焉知非福」，就是這意思呢。很多事情，我們都只看到表象，如此就判定是禍是福，是十分不智的。能試著不執著問題的表象，不以一時的得失來衡量事情的好與壞，那麼結果也就不需在短時間內斷定了，因為所有的事件中都潛藏著陷阱和機會。

說輕鬆些，這張畫最初是以好玩的心態開始：尼尼一跤摔得人仰馬翻，從天而降，看來要跌得很慘了，可是怎麼要掉進一堆餅乾裡去了？說起來，這一跤跌得也不算太差嘛！這就是我對禍福相倚這番哲理的詮釋，「塞翁失馬，焉知非福」的另一演繹。一笑也！

禍兮福之所倚 best fall ever, 2019

我越來越愛你 I love you more and more, 2010

我越來越愛你

I love you more and more

十幾年前，大陸四川大地震，震掉了多少家庭生命，從那事件中，我們目睹了多少人性？

那一陣子，我因事去到加州，住在姐姐家時，突然莫名地生了場病，整個人像身在地獄之中，地獄如何，我管不著，我只忙著生病痛苦啊！

那幾天裡，有姐姐的體貼和悉心照料，讓那場病中的況味，添上了一點隱隱的芳馨。直到回到紐約的家中，我都還被暖暖的親情包裹著。不多日，四川地震發生，我每日報紙讀的、收音機聽的，都是有關地震的大小故事，還有許多人性的真偽。人性的晦暗容易，因為似乎真的，人不為己，天誅地滅；但是要為他人，是需要勇氣的，要使些力的。那場災禍中，聽到了許多大愛的故事。

那些日子裡，我接受了姐姐的小親情，地震的受難者接受了陌生人的大愛。眼看著一片貧瘠的土地上，長出了小小綠意……啊！我越來越愛你！

軟性抗爭

以花之名 in the name of flower, 2016

以花之名

我無意與你為敵，
又拙於與你為伍。
你恣意撻伐非你之人，
以神之名，以愛之名，
以莫須有之名。
不戰之罪，我何罪之有？
要戰亦可，
我只以花為名。

In the name of flower

Not my intention to be your rival,
Getting along with you is not my temperament.
You lash your rages on those not of your own,
In the name of God, in the name of love,
in the name of frivolous causes.
I shunned fighting.
Why on earth am I still in the wrong?
If I have to fight,
I fight only in the name of flower.

以花為名——
我的軟性抗爭

幾年前，我結束一個展覽，回到紐約工作室，準備下一個階段的繪畫，打開廣播，聽到的完全是有關美國大選的評論與資訊，雖然我關心時事，但並不喜歡聽到那麼直接、偏頗又具攻擊性的言論。

有些人為了達到目的，不惜挑釁攻擊，還伴上造謠的手段。比如說，中東戰爭中，充滿了「我的神比你的神偉大」的言論。又，攻擊人的一方，假借「解放」之名，假借「以神之名」發動干戈。干涉人身自由的人，假借「以愛之名」，堂而皇之，這一切都令我反感。

即便我心裡不悅，甚至憤怒，但是性格平和又稍顯懦弱的我至多也只能關上收音機，再次請那些刺耳的言論滾出自己的耳膜。關掉收音機之後一段時間，一些想法便慢慢浮上腦子，在我決定將它成為創作原料之前，它們是經過許久的反芻的，即便是不愉快的情緒，我最後還是選擇用稍帶詼諧與幽默的創作方式表達。其實我並不欲藉著我的繪畫來立論，討伐或抗爭些什麼，藝術只是我抒發情感的管道，如果觀者不清楚我在畫的背後思緒波濤洶湧，那麼就欣賞舒服愉悅的畫面就好，即便知道我背後的立論與其不同，也無須感覺不以為然。若要說抗爭，好像這也是很軟弱的抗爭吧！其實我根本不在抗爭什麼。

我的創作世界，其實就是一個小小的人生，與一個大大的宇宙的互動、共存，甚至抗衡的世界。人生結束，宇宙繼存，好與壞，都不是我們充滿弱點的小小生命能改變或掌握的。所以我的畫面，有許多天人相容的溫暖片刻，但也時常充滿著一些無力感或偶爾的叛逆示威行為，不過人們面對著宇宙，還是無畏地努力著，時常還帶著詼諧。我是這麼想的，努力，應該是一種教養，以及一種做人的尊嚴吧！

因此無論如何，我還是要以纖細的聲音說：我不想加入你們，如果非要挑戰，那就以花之名吧！

以花為名——
屬於我自己的叛逆

我並不來自一個特別的家庭，
我只是身上清楚地匯流著一個大時代的兩股血緣：
生長在蘇州的父親，中年來台，
受到一個道地台北姑娘的吸引，開始了新的家庭，新的人生。

我的性格，受到父親較濃厚的文藝氣質，
與一種大時代的悲劇宿命影響，
卻又重重地背負著從母親身上傳承的柔軟又堅韌的性格，
和對理想人生無言的執著。

為什麼很多人反應道，
看我的尼尼畫總感覺一種憂傷的情愫，
然憂傷之後，卻又瞭然了最後將會沒事的。

那就是我在創作時的基調吧！
有一種固執，是無言的，是無時不存在的，
是任誰都別來挑戰的，那就是讓我忠於自己。
我不欲戰，可是人生處處遭逢種種名目的挑戰。

所以這次容我戲謔道：
要戰亦可，我只以花為名。
問君，你何忍與花為敵？

以花應戰

夾在兩代人中間的這一代，上要面對年長威權，下要面對年輕不屈的新世代，在外又要面對整個世界的改變。時代變化很快，我們要常常調整自己，也常常會被人挑戰。作為一個新舊交接時代的女性，我覺得軟性實力是很重要的武器。所以啊！我說：我要以花應戰！無厘頭？請看看一尼尼忙著倒立健身，另兩尼尼意念凝聚，眼神所到之處，花兵花將頓時神現身其左右，只待號令一發就要出擊。

自從數年前美國的「Me too movement」對抗性侵的運動開始

以花應戰 flowers for war, 2017

如旋風一般狂掃各先進國家，之後各種更符合人道主義、更平等、更自由的思想也在各地播種，僅待開花時刻。戰爭已不能僅憑船堅炮利，而更應該是信念的紮實與頭腦的靈活運用吧！我期待看到花開遍野的日子。

其實他們有所不知，到頭來，咱們都不是真的
Little did they know, that at the end, none of us is real, 2011

其實他們有所不知，
到頭來，咱們都不是真的

別排斥我了！
你們這群自以為是的小雞們！
你們以為自己住在蛋殼裡，
所以你們就擁有主權，你們是主人嗎？
你們問，「這啥玩意兒，怎麼住進了咱們的地盤哪！」
其實，你們有所不知啊！
你我住的，都不是真的蛋殼啊！（是塑膠製品吧？）
到頭來，咱們都不是真的啊！

神的孩子很壞，
但神依然守護

這三張聯作創作之初是想以調皮、幽默的態度對待牠們，所以三個新尼尼造型看起來淘氣調皮，甚至還有點不懷好意的態度。淺層的靈感來自我對於二〇一六年美國大選之後的政治生態和某些政治人物給人一種善惡不公的啞然，社會對立越來越嚴重，人們的分別心更強烈了。然而深層的體悟卻是，我們都是被天地擁抱的孩子，無論好壞、調皮與否，天地自有其態度對待之。

神的孩子很壞，但神依然守護
We are the mischievous yet still protected , 2017

左：我是「超不爽」 I am SUPER FUZZY
中：我是「非天使」 I am NOT YOUR ANGEL
右：我是「冷板凳」 I am GROUNDED

我的幽默不辜負我

這兒可是做日光浴的好地方 Not a bad place for sun bathing, 2010

這兒可是做日光浴的好地方

我從小就一直很喜歡漫畫，記得媽媽常常帶我跟妹妹去一家朋友開的書店買書或借書，書店叫「中一書店」。媽媽和老闆娘開心地聊天說地，我和妹妹則坐在書架邊的小小凳子上，一本一本漫畫看得津津有味，除此之外還有日本版的歐美電影畫報，我還記得伍迪．艾倫穿著香蕉服裝逗趣極了！雖然讀不懂日文，但是那種幽默又帶著淡淡無奈的風格早早就植入我的小腦袋瓜裡。長大後，喜歡漫畫的習慣不改，只是內容改變了些。最喜歡阿根廷政治漫畫家季諾（Quino）的瑪法達系列，和美國 Tom Wilson 的倒楣的 Ziggy。瑪法達的漫畫裡，藉著四個個性截然不同的小朋友，代表社會上幾種不同階層的人際間擦出的火花。整個漫畫裡藉著幽默的短篇漫畫，充斥著對社會的批判，因為是透過童言童語，所以沒有火爆的殺傷力。而 Ziggy 則是個安分的倒楣鬼，凡是與他相關的都沒好事降臨，跟他交往，你會慶幸至少你不是最倒楣那個，但仍免不了為他的帶衰人生感到抱歉。

我的作品中的幽默感，多少與它們共鳴著，尤其是早期的小作品，更調皮些，更無所謂，沒有束縛。我很懷念那時的自由。

上班族症候群

一位女士曾問我，為什麼選擇把主角放在那個位置，那個高度？

這個問題將我帶回到前一天，在 MoMA（紐約現代美術館）聽一位德國藝術家 Wolfgang Laib 的座談，記得他被問及其中一件牆上作品，為什麼決定那個必須仰頭往上看的高度？依稀記得在他的回答中，他提到在創作時，決定有關作品的任何細節，都是根據非常個人的經驗，有時無法客觀解釋，「It's very personal... very intense...」我想，高度、角度、位置，也都是我選擇處理作品情緒，以及氛圍的方式；我選擇不讓我的主角面帶表情，而讓情緒在牠周圍發生。

・・・

我可以說自己是自由業，一輩子沒上過班，所以真的，我沒有得過上班族症候群。但是可以想像，坐在辦公桌，眼巴巴地望著時鐘：「啊！還有十三分鐘才下班……」那種等待的心情，我也有過的。尼尼坐在高高的位置，時鐘滴……答……慢慢走著，尼尼回頭望向我，我的心跳也開始急促了。

上班族症候群 9-5 syndrome, 2012

對……不……起

尼尼握著蘋果的手長長地伸著，還橫跨了畫面。你想，牠多麼地急切，要跟對方說「對不起」，說「請收下我小小的心意」。

在這隻兔子面前，你不用努力挖掘人生哲理，也不用參透生命的價值，在牠身上，我們只需要看到我們自己。

對……不……起 A long-stretched apology, 2016

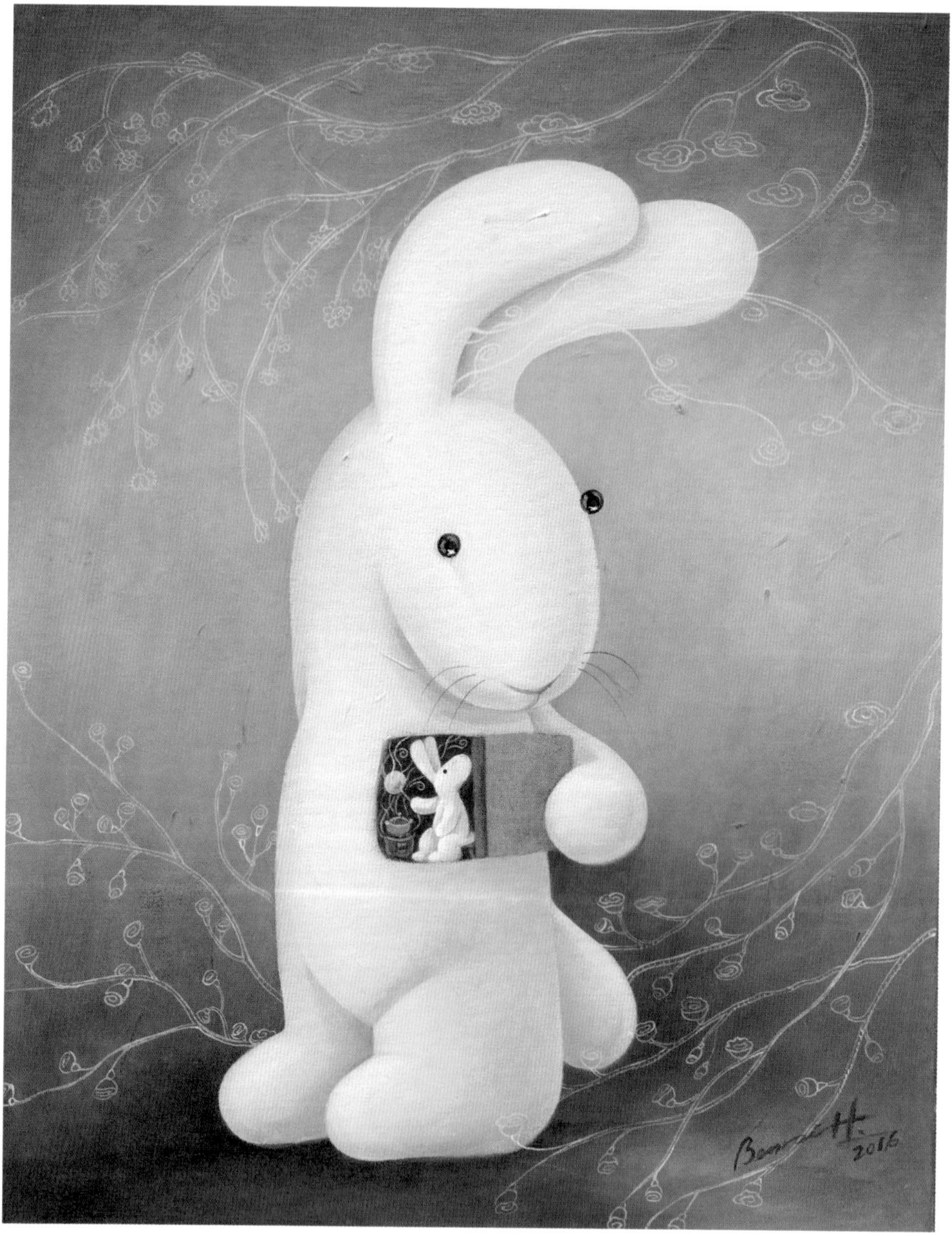

身體裡的房客 Mood of the day, 2016

身體裡的房客

我想我的身體裡住著一隻蟲，
不是說笑的。
我想，牠住在我左胸附近靠著肋骨的某處。
大概是個劇作家吧！
雖是個不算差的房客，每天晚上，當我熟睡了，
牠卻開始在我身體裡上演一齣齣新的戲碼；
他們大都成了夢境，雖然有時喧鬧吵雜，
醒來時大都不復記憶。
但是，某些似醒似睡的時刻，
身體某處神經被牠靜靜行經過卻
不慎觸動，癢癢的，抓不著，纏綿不去，又不知何事。
今夜，睡中，有聲音在我耳際對話，是何等不可思議的劇情，
像是上輩子發生在我身上的故事，難忘，難忘，不想忘，
請你啊！好房客，別叫我忘了！

請別吵我，我在畫畫

我本想叫她　無知的女人
但我生性畏縮　總是理直氣不壯
只能任她　像趕不走的烏鴉一樣
在我耳邊　嘎　嘎　嘎嘎嘎

我在心裡想
請別吵我　我在畫畫！
老天爺啊！請告訴她

可她還是　像趕不走的烏鴉一樣
在我耳邊　嘎　嘎　嘎　嘎嘎
可她還說　你怎麼一點不像　那種藝術家？
我想我　再不能理我的老天爺啦！

自作自受 Backfire, 2012

讓我們來做點什麼

少數當家 Minority rules, 2017

少數當家

我盡量不願老是想透過作品討論什麼或說教，我只是習慣藉著繪畫抒發心事。這些心事，大多是我的環境中接觸到的直接或間接、或大或小的事件。它可以微不足道地有關路上看到推著小吃攤子的瘦弱老先生，也偶爾為了地鐵裡賣唱的西裔所燃起的婦人之仁，可以是我所矜持的人性真偽善惡，甚至還會是為了保護被破壞中的地球。

在草創階段，手裡所描繪的，意識裡所構築的，都是這些心事內容，當然經過不停反芻沉澱，不斷塗鴉修改，最終到了畫面的階段，關心的就只剩下純粹的色彩、構圖等等繪畫問題了。

〈少數當家〉，畫中背景是一群群圍成一圈圈的綠色兔子，牠們有自己的圈子，不必向外看，或許是主事者，或許是既得利益者，總之他們看不見弱勢者的吶喊。這件作品是有感於「少數與多數」的對立與不公，以及各種弱勢議題的啟發而做，可以說是一個幽默又無傷大雅的反撲動作，不明講，又很間接。畫中尼尼回眸看向觀眾，又像對著斑斕花兔說，讓我們來努力吧！讓我們來當家作主。

綠的主張 Go green, 2009

綠的主張

我想我不需多做解釋了！
黑白兔子各自手提環保袋子，你知道牠們去超市也要買有機胡蘿蔔嗎？

go
green

救援計畫 101, Rescue mission 101- in dark water, 2008

救援計畫 101

這張小作品是我在一天之內，心情忽然很有感，連草圖都免了，直接在畫布上構圖起來。我無法解救那些在被汙染的濁水中瀕臨死亡的魚類，我只能在畫中讓尼尼的義舉消弭一些我的不安。

吐露心聲的房間

大多數人心裡都有心事或祕密，它們不是見不得光，而是你不想分享，或是你沒有可分享的對象。畫完這張畫之後，忽然想到，在電影《花樣年華》的最後，主角把自己的祕密細聲說給樹洞聽，然後用泥巴將它封存起來。當你沒有人可以分享心事或祕密，那個地方可以讓你安心地吐露心聲，然後你把它封存起來，即使你忘不了，至少封存也算某種形式上的結束，它幫你暫時畫下一個句點。

〈吐露心聲的房間〉也是這樣的地方。從一扇門走進來，你可以安心地吐露心聲，然後封存在這個只屬於你的空間裡，也許你還是忘不掉，至少它們被安頓在這安全的環境裡，而不是你不安的心中。

吐露心聲的房間 A room where secrets are kept, 2017

旅途

知識路上多擁擠 Who you met on the road to wisdom, 2014

知識路上多擁擠——我見我聞

記得我在作品《插畫散步》一書中曾提到：「……說旅行呢，去過最遠的地方只是板橋的外婆家。但是，我很愛幻想，愛做白日夢，不分時與地，只要有這麼一扇小窗，我準可以對著外面景物編起一連串故事……」年輕朋友可能無法想像，旅行，在那個社會和政治都較為困頓有限制的年代，真的是很奢侈的活動。我記得最清楚的是我們跟著媽媽搭火車到板橋，對，那個時代去板橋是沒有捷運的，我記得很清楚那幾款不同形式的火車，也記得搭火車那種旅人的情懷。它時常激發我的聯想，即便我只是去板橋遊玩。今日的旅遊，早已經稀鬆平常，參加團、自由行、深度旅遊、主題旅遊……真是五花八門。但是不管我喜不喜歡這趟旅行，我總是能在其中取得我與它的交集，這個交集往往很小，它或者只是一種聯想、感動，或一個微微的提示，有時要過了很久才發現。尼尼去京都旅遊，遊到名聞遐邇的哲學之道，原來是這麼袖珍的小徑啊！雖然櫻花已落盡，有種繁華不再之感，但是滿滿新綠更是叫人雀躍！當駐足於這番景致，尼尼哲人之心上身，卻是一回頭，三四五六個貌似有禮卻面色冷淡的遊客在等著呢！還是速速前行吧！

飛塵勿擾

就我所知，許多旅美學人在冬季，一定或多或少有過滑雪經驗。在這裡，滑雪可以是十分平價的冬季活動。

尼尼也努力過，從初學者的綠坡道，終於進步到藍道，一點一點慢慢滑，應該可以順利抵達山腳，沒想到不知何時誤闖進一堆大小雪堆中……我干擾了誰的寧靜啊？

飛塵勿擾 Who you met on the bunny moguls, 2013

解憂小站 Weight station, 2017

解憂小站

在美國高速公路上開車時，常常會看到一個寫著 weight station 的牌子，那是公路上用來給卡車秤重量的驛站，因為路面的承載力有限制的原因吧！

每每看到這個牌子，不知為何腦子裡就升起這個有趣的畫面——那個地方，也有一個 weight station，每一朵飛過來的雲都要讓尼尼抱抱看，秤一秤，如果你很重，表示你的心裡有很多憂傷和淚水。這幅畫的中文叫〈解憂小站〉——如果你的心很重，因為它充滿憂傷，充滿淚水，那你就過來給尼尼抱一抱，讓你的淚水流光再走吧！這條路上也有承載力的限制喔！

美姿降落

這幅畫的英文名字叫做〈Flight attendant prepare for landing〉，耳熟嗎？現代人搭飛機的機會很多，我坐在機艙裡，每次對機長的廣播都會洗耳恭聽。

這裡，尼尼化身為隨時隨地都保持精神抖擻、儀態優美的空服員，要降落了，也要以最優美的姿勢，恍如天女下凡！這也是一種旅行經驗帶來的靈感。

美姿降落 Flight attendant prepare for landing, 2013

我的私房桃花源

人們對於一個幻想中的世界總是很嚮往。因為不真實，所以它可以是我們希望存在的一切。

學生時代讀了陶淵明的〈桃花源記〉，真心嚮往得很，因為那個故事是多麼美好！在桃花源裡，是一個與世無爭的理想世界。漁人受到村人熱情款待之後離開，村人還叮嚀：「不足為外人道也。」

恐怕他們自己也深怕為外界所改變。離開之後，漁人試圖回去尋找曾經誤闖的桃花源，卻再也尋覓不得，真是叫人此生更嚮往了！文內形容，漁人眼前所見，井然有序的房屋，肥沃的土地上有美麗的池塘，還有扶疏的桑樹與優雅的竹子，田間小路上，雞鳴與狗吠聲音此起彼落。人們在田間努力耕種，男女穿著像世外桃源之人，老人小孩也都怡然自樂……如果真有這麼一個地方該多好！一個沒有虛榮、競爭、不公不義、利益傾軋的世界！

為了這個只能存在夢裡的理想世界，我畫了一堆草圖——〈我的私房桃花源〉〈終極桃花源就在眼前，但你得睜開眼去看〉〈柳暗花明〉〈離開桃花源之後〉……好像這個神祕的桃花源真的存在過，給我無止境的嚮往！

其實對於我，它就是一片淨土，是我心所屬的無塵世界，雖然我沒到過我的桃花源地，但是有時在夢中，或是兒時的回憶中，總感覺曾經有過這種重疊的景象，告訴著我，我曾經去過我的桃花源了。我相信它真的存在許多人心中，而每一個人都依照自己的渴望，勾畫著自己的私房桃花源的風景。

我的私房桃花源
My own peach blossom springs, 2016

終極桃花源就在眼前，但你得睜開眼去看
The only peach blossom you ever need, if you had the eye to see, 2016

關於愛情

就叫它「愛」吧！ Se L'amore, just call it love, 2010

就叫它「愛」吧！

這件三聯作，是我嘗試把「愛情」當作創作內容的第一件作品，希望它詼諧、明確，又不落俗套。

我對於愛情這個老掉牙的主題先是敬謝不敏，然後有一天，我看著家裡那位雕塑家先生搬回來一件作品，它站在那兒，兩根長長的圓柱狀在頂端伸出，像極了兔子的耳朵，我於是在本子上隨意塗鴉了起來，當時並不特意想做什麼。沒多久，雕塑品就跟尼尼談了一場初戀了！我還給了它一個相當浪漫的英文名字：Se L'amore——just call it love，就叫它「愛」吧！祝愛情長長久久，永不凋零！

思念之網

你的缺席穿透著我
像線穿過針一般
我所做的一切都縫上了他的色彩（W. S. 默溫〈分離〉）

Your absence has gone through me
Like thread through a needle
Everything I do is stitched with its color
(W. S. Merwin, "Separation")

思念之網 The thought of your absence, 2012

思念之網

多年來在創作時，我常喜歡嘗試不同媒材。一九九二年在研究所的畢業展，我就放棄了平面而選擇嘗試創作3D作品，以為從此會走向平面與立體的平行創作，卻直到近年才感覺時機成熟。這兩件作品，本來彼此沒有太多關聯，是前後之作，在展覽時覺得它們放在一起頗能相得益彰。這個思念，對象當然是所愛之人，對方雖然缺席，但他／她的影像隨時如影在側，甚至已經深深注入你生活的點點滴滴裡，像是一張網，緊緊網住了你的心，不論你做什麼，想什麼，都只是她／他。

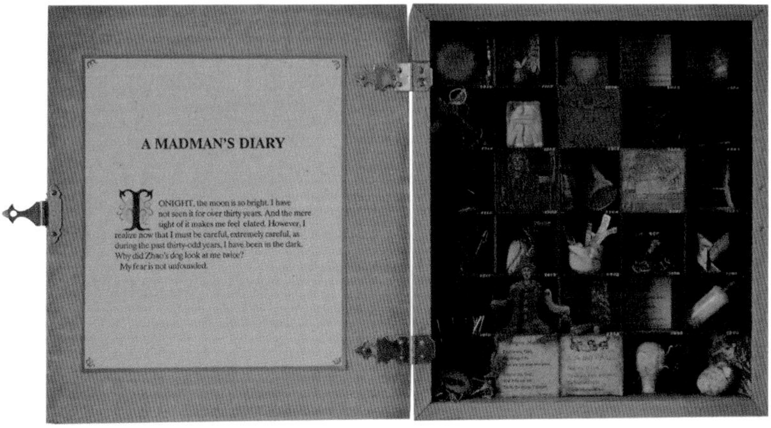

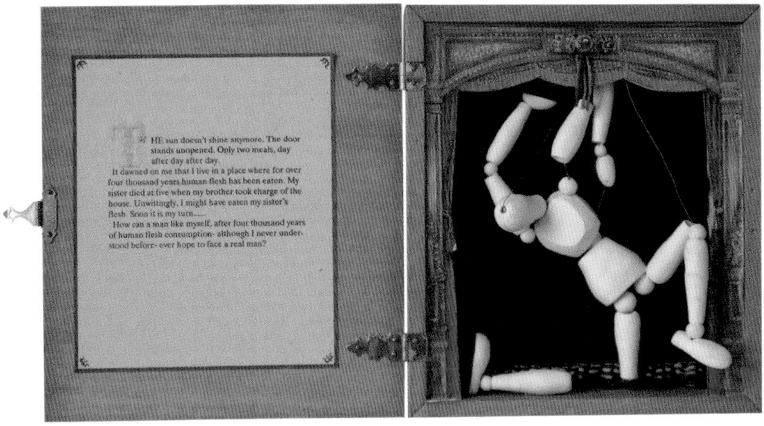

兩件〈狂人日記〉立體作品，1992 年 School of Visual Arts MFA 畢業創作

如果你愛我，
就讓我用我感覺舒服的方式擁有你

這麼落落長的標題，還用我再說明嗎？
愛情，到了一個地步，你只能釋放他／她了！
還給她／他自由意志，讓她／他用自己感覺舒服的方式來對待你，其實他們也想好好來擁有你的。

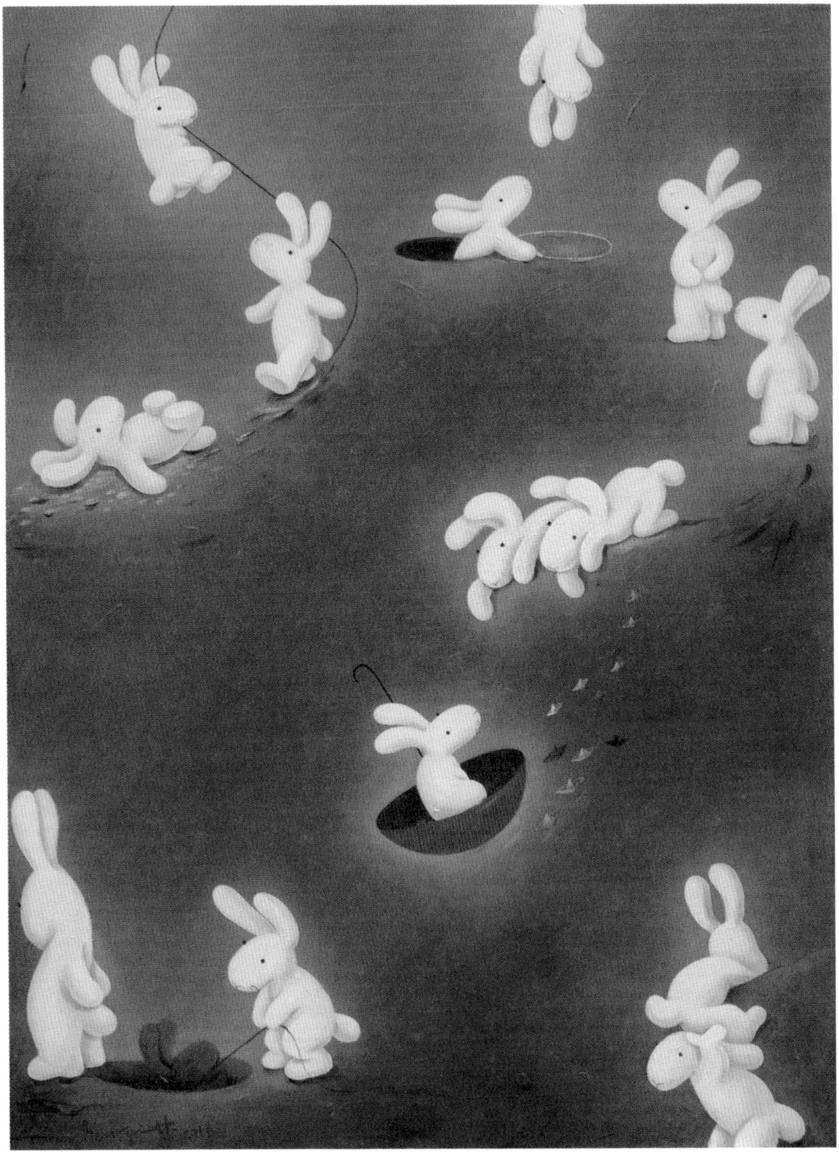

如果你愛我，就讓我用我感覺舒服的方式擁有你 If you love me enough, 2016

曾經，邂逅 Somewhere in time, 2014

問：在〈曾經，邂逅1〉與〈曾經，邂逅2〉這兩幅畫中，尼尼被以類似肖像畫的手法近距離繪出，請問這是否源自生活中哪種靈感呢？

答：在創作這兩幅繪畫時，正是紐約進入極度嚴寒的時刻，我深居簡出，整個人似乎存在一種與世隔絕的氛圍中。在那種時刻，身體在冬眠，腦子卻活絡了起來，因為對於過長寒冬的無奈與不耐，渴望陽光，與對春天色彩的期待，使我畫了好幾幅跟季節、色彩有關的畫。

〈曾經，邂逅〉更是想做出一種被大雪覆蓋了聲音的氛圍，像電影畫面的聲量被關掉了一樣，這兩張畫給我的感覺是立體的，因為無聲的「聲音」，把空間拉出來了。讀者們可有如此經驗：下雪時，聲音常常被雪給掩蓋住，感覺好像戴著耳塞在水中游泳一般，是一種很奇特的經驗。畫中尼尼也有了擬人化的表情和裝扮，這純粹是滿足個人對繪畫種種可能性的小實驗。

而因為擬人化了，兔子也有了抒情的能力，即使在這裡，我特意把眼珠子畫得灰濛濛的，而不像其他畫裡的尼尼總是眼神晶亮，但我反而看到這兩隻兔子互相眉眼傳情，是否真的撲朔迷離更引人遐思？

一見鍾情

這幾年，我開始對於愛情這個內容不再迴避了，因為那真是一個永不過時的題材。我也嘗試著不再委婉地描述情感這字眼，首次大大方方地表態的，就是這張「一見鍾情」。

少女心，初戀情。我想，戀愛中的人，即使在冷颼颼的紐約寒冬裡，腳底也會冉冉而升一股暖意，眼中的世界，也會是粉紅色的吧？

一見鍾情 Crush on you, 2016

對話 Conversation, 2008

對話

對話乎？交流乎？

一個朋友，走進我家，見到掛在牆上這張畫，立即激發了無限聯想，將自己與另一半的角色套入，說出了一篇有關「兩人世界——各自對話而沒有交流」的故事，給這張平面的畫說出了厚度、深度，還有兩個人各自的角度。

在畫這張畫時，是不怎麼去多作畫面以外的聯想或試圖埋伏底層的意義的。而畫完成了，進入了不同人的視窗，看到的自然是不同的風景吧？

是我的畫給了她某種靈感？還是她的話給了我的畫另一種生命？這番對話，自有其交流。

最佳拍檔

前面出現過的〈綠的主張〉是我將花草與尼尼結合的第一張作品。以一片花圃作為背景，襯托前景一黑一白兩個尼尼。之後，我像犯了花粉熱，開始畫了變化版，花兔與白兔站在一片綠野中，取其名為〈最佳拍檔〉，因為這張畫的收藏者，是一對異國婚姻的夫婦，白兔與花兔那麼和諧地比鄰而立，可不是最佳拍檔？最終欲罷不能，經過幾個月的努力，兩隻羊毛氈製成的花兔與白兔終於躍出畫面，立在展覽會場上，我們看著安靜站在場中的牠們，當我們一轉身，牠們好像便開始竊竊私語討論著我們了。

2D 最佳拍檔 Perfect couple, 2011

3D 最佳拍檔 Perfect couple, 2013

帶我走更遠的路

關於軟雕塑

我的立體作品，用的是羊毛氈這一柔軟的材質製成的，我稱之為軟雕塑。羊毛氈，是使用一種處理過、適用於羊毛氈創作的羊毛，用一種特殊的針，一片一片，一層一層戳出立體形狀的創作方式。對我來說，是很合適的創作材質。因為柔軟的質地是很適合製作柔軟動物形體的材質，而創作的方式又與製作雕塑時泥塑的技法很類似。更好的是，沒有等待其乾燥的過程，也能同時加上有顏色的羊毛，不同顏色的羊毛還可以混色，感覺上與繪畫顏料混色的方式還頗像的。唯一缺點在於，一般人製作羊毛氈，成品都只有十幾公分大小，而我的作品，至少都超過七十公分！還要十分硬挺紮實，才能使其像其他材質的雕塑作品一般挺拔又不變形，過程十分不容易。

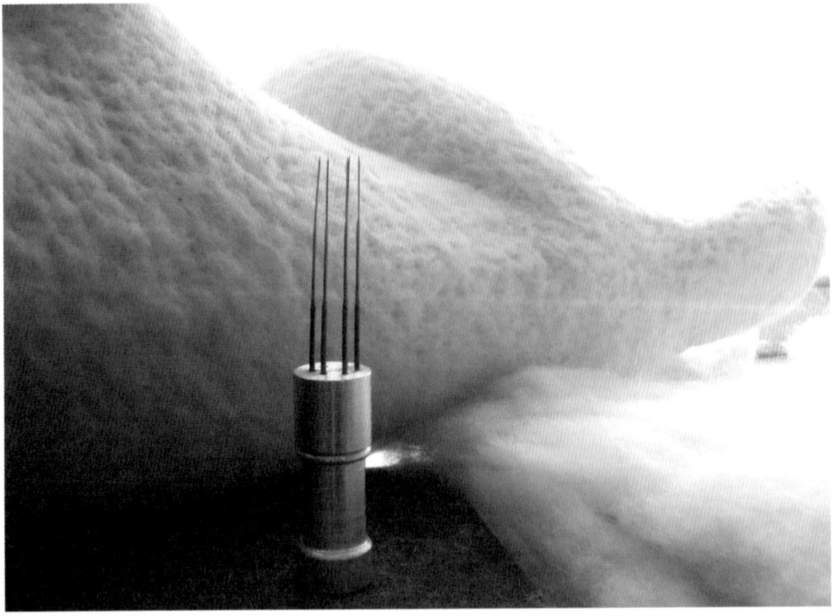

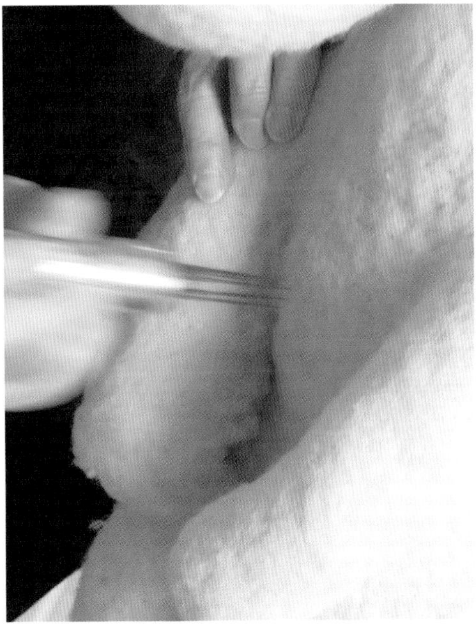
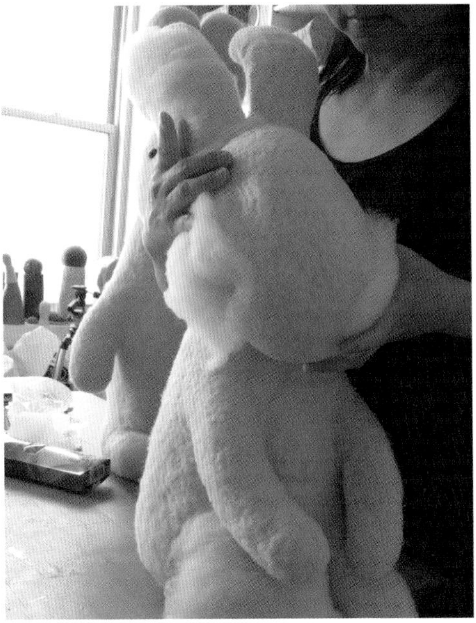

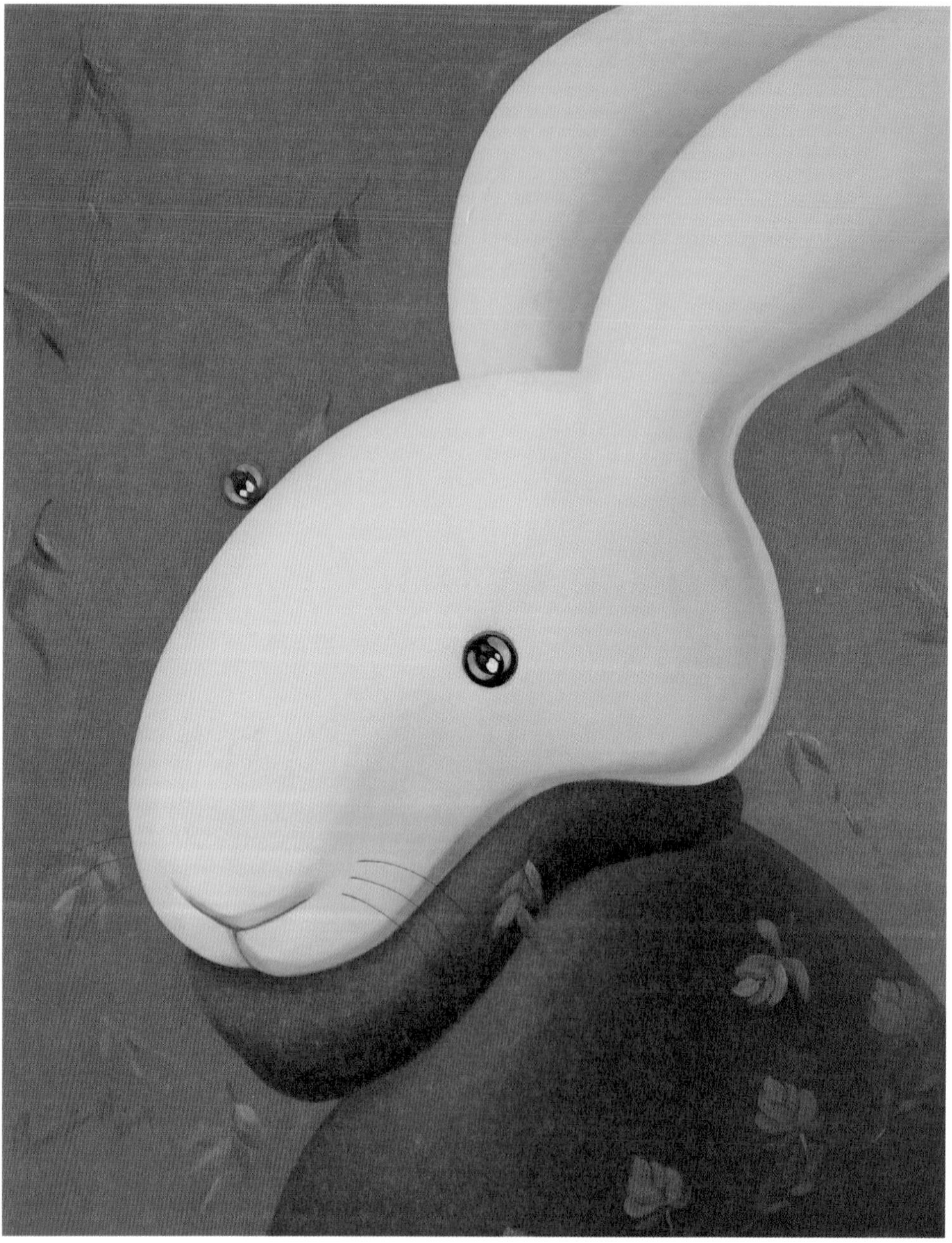

當所有落葉都幻化成了花朵，秋天便成就了它的第二春，2019

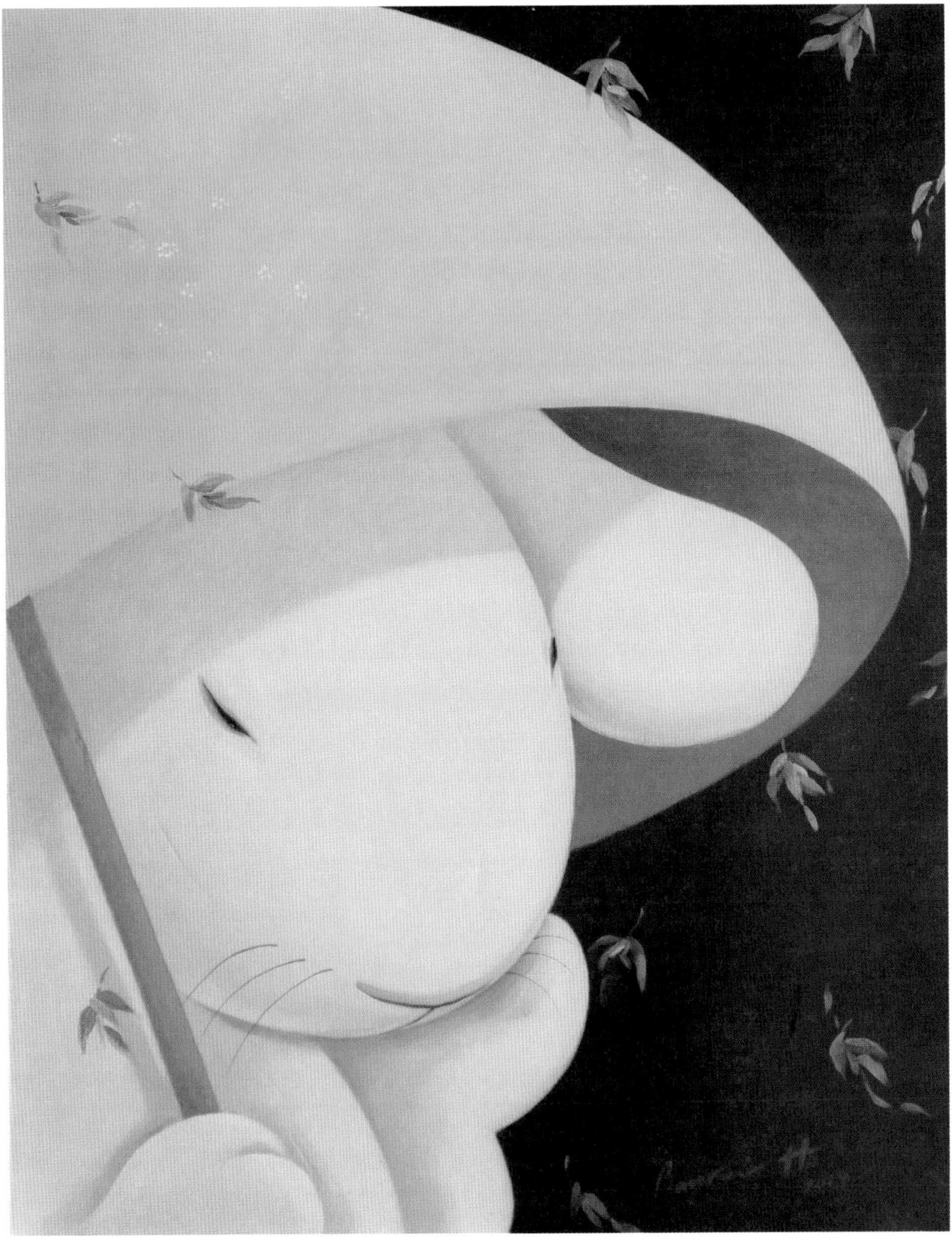

當所有落葉都幻化成了花朵，秋天便成就了它的第二春

那年初夏，尼尼與電影《玩偶》的美麗邂逅。

怎麼說呢？

六月下旬，上半年快結束了！可是從今年一月，結束了展覽，回來紐約，至今心情都是起起伏伏，或說是空空洞洞的。畫畫是在進行中，但創作力是軟綿綿的，創作欲也有如嚼蠟，口感不太佳。

朋友說，你大概是要破繭了，期待喔！我也這麼感覺，不，應該說，我也這麼砥礪著自己。這種事情不是沒發生過，每次在悶著悶著的情緒過後，就會有一種奮發的創作動機，這幾乎成為一種令人期待的循環。但是我心裡明白，這回不是的，這次，心裡的滿，或說是空，快把我撐破了。可惜這長年的繭，附帶著逐日坐大的寂寞感，就是這麼讓人憋著要窒息。

今年六月，就在這種身體軟綿綿，心如嚼蠟的情況下持續地工作著。手執

著畫筆，在有彈性的畫布上移動，草圖是前陣子覺得很棒的，可是現在卻感覺不到一點情緒，只有不耐煩。還有偶然感覺到體內的一絲蠢動，就好像心已經搬家，身體裡卻住進來一個房客，靸著一雙骯髒的拖鞋隨處亂逛，所經之處不但必留汙跡，還不定期地在搔著讓人癢，明明感受那麼地清晰，卻總是搔不著癢處。

與電影《玩偶》（Dolls）就是在這個情形下邂逅的。無意間發現這部很早期的日本電影，因為時隔太久，網上能找到的，雖是完整的片子，畫面卻不十分清晰。這是由三個獨立故事結構成的電影，由第一個故事貫穿全劇，我急切地跳過了其餘兩個故事，只因為視線完全為第一個故事擄掠；兩個年輕男女，身上繫著一條紅色繩子，走在四季中，穿過了原野和公園，又經過堤防，及海邊。紅色繩子，雖是男孩為了預防因爲被他背叛，自殺不成而精神異常的女孩走失的初衷，也可以說是男孩贖罪的方式，繫上紅繩的剎那，卻也成就了兩人生命共同體的開始，彷彿在暗示他們最後必然要走上的結局，然而他們還是繼續向前無目的地走著……那畫面，何等淒美無邪！那是一場視覺的饗宴，然而於我卻油然而生一種悲愴之感，因為背叛而造成無可彌補的無奈，即使祭出所有的愛和後悔也無法扭轉命運的執著，宿命的力量大過一切，於是最終男孩就讓命運帶著兩人流浪……我的心忍不住疼了起來。

這一對流浪的男女，穿著山本耀司風格，看似撿拾而來拼湊的衣著，貫穿在飄落的櫻花，和無垠的青山間，他們走入燃燒般的楓紅裡，又一腳踏進皚皚白雪中，那畫面唯美得讓人嘆息！彷彿連上蒼都因此不忍，而將他們點化成不沾染一絲人間俗世的仙子。然而與此相對的，它訴說的故事卻是原本一對戀人，經過了背叛與被背叛，即使相繫卻再也無緣，像兩個淨琉璃般的人偶，只能讓宿命隨它操弄。導演北野武的暴力美學在此以一種脆弱的寧靜背後呼之欲出的洶湧暗濤展現，他捧著這絕色的傷口，直指著觀眾，竟然出其不意地像一把熊熊烈焰，把我的繭一層層地融化了！讓我觸摸到連自己都不知還存在的最原初的情懷，最平等無條件的愛意，那是我思春時期的記憶。原來，這麼直接的情緒，我還是可以擁有的，我不想因為年紀成熟而去文飾它，也不用刻意去轉折昇華，太好了！

六月下旬的紐約，走在鄰家路上，聽著 Beirut 的〈Elephant Gun〉，還感覺聽得到風吹在身上呼呼的聲音，它夾著陽光暖暖的愛意。

牠是我的代言人，卻帶我走了更遠的路

這個充滿著一隻名叫尼尼的兔子的創作，至今已經開始進入第二個十年了。即便對創作者的我來說，都是十分不可思議的事實。在這十餘年的繪畫與雕塑作品中，尼尼的周遭發生了不下上百個故事，然而，每一張畫中的牠只是睜著一雙明亮的大眼睛，臉上始終沒有表情，好像在旁觀著眼前發生的一切，即使事件發生在牠身上，似乎也與牠無關。藉著這種疏離感，牠好像也在暗示著我們，其實事情沒那麼嚴重。即使世界很重，但你的心可以很輕。這隻小兔子，似乎成了我與作品和觀眾之間的媒人，這些年來，牠們穿梭在我們之間，寬慰了許多人的心，包括了我。

從二〇〇八年第一張畫作問世，至今，數不清創作了多少件作品。有時回想，真不知創作之初，究竟累積了多少年的能量，才能在極短時間內迸裂出那麼多的作品。你問我，在創作的過程中，心境可有改變？我的回答自然是肯定的，畢竟世界的改變在我眼底盡收，自己的生活經歷也不停地驅使著我蛻變，但是那種轉變是潛在的，並不明朗，每一陣子必定有些微的突破，或許他人看不出來，但這感覺在我自身是十分明確的。

過去從純藝術偶然出走，做了許久插畫與寫作或教學等工作，當回歸繪畫之初，我花了許多時間在思索，過去的那一切經驗，究竟跟現在的創作有何相關？有何交集？這個問題著實困擾了我許久。雖然繪畫是件快樂的事，但創作之路仍然處處有地雷。每一次展覽，看到的自己，有時是進一步卻又退兩步的成績，但每一步，無論進或退，都有它們不得不存在的必要，我也因此深深了解了，這一生，走過的每一條路，即便是繞路甚至冤枉路，都是堆砌出我這個創作者的各種必要條件。雖然創作有時候還是頗感辛苦，但不可否認，每件作品完成後都會有一種很舒爽的感覺！

這種感覺其實很自私，因此很難與他人分享。相對的，當挫折出現，也十分難以向外說分明，只有自己對自己喊話，自己向自己加油了！

早期，曾不斷有人問我：為何兔子？我也曾不斷從各種層面、各個角度回答。但今天，我回頭看牠，這隻偶然闖入我畫中的意外訪客，其實早已反客為主，領著我走了不知多遠的路，我遲遲才察覺。從牠首度現身，即虜獲了許多人的心，他們都在透過牠，投入自己的經驗並反射出自己的故事與心情。也有很多人因此覺得我的畫很療癒，然而這些完全不是我的初衷，其實我始終一直把創作這個行為當成自己思潮宣洩的管道，較少去刻意設想那些內容與題材。這些舊雨新知們的作為，反而給了我的作品另一種層次的深度與廣度，帶來更多後續效應與可能性，怎麼說也成爲我某方面的創作夥伴了吧！

有時我感覺，這隻兔子已成了我們大家的代言人。也因此，我想要更忠於牠，並保護牠。我常感覺到牠的眼光看著我，好似在說：「尼尼不變，但你不能不變。」

「知道啦！要不斷改變，透過改變所帶來的挑戰，也許是形式的創新、內容的深度，或是技法的進步等等，去維持那個與創作最相關的不變，也就是那份不變的無畏、創新、挑戰未知的創作態度。」

尼尼十餘年了！之間幾次畫展相繼舉辦，幾座大型尼尼雕塑相繼製作出來，我們的世界也有高低起伏，這隻兔子至今仍不離不棄地陪伴在側，像一個老友，我們之間有一份默契，和共有的幽默及堅持，牠還繼續在畫中默默地訴說著我的，或是更多人的心事。

我泥中有你，你泥中有我
There's a little bit of everyone in all of us, 2017

尼中有我，我中有尼

文／金振寧（藝評人．翻譯家）

談到黃本蕊，請容我先描述一下，她每一檔展覽所獲得的熱烈迴響。十三年前，她重拾畫筆投入純藝術創作之後，首次在誠品畫廊發表作品。當時我在誠品畫廊任職藝術公關，如同往常，在開展前將藝訊發送給眾收藏家，卻萬萬沒有預想到，資料才寄出幾分鐘，一反常規詢問電話已排山倒海而來。每幅畫都是獨一無二的創作，有人搶到頭香，有人含淚飲恨，面對「幾家歡樂幾家愁」的龐大壓力，晚上我連在睡夢中仍忙於指揮交通。

黃本蕊初試啼聲便掀起尼尼旋風，有過那次經驗以後，只要是她的展覽，我在按下「send」鍵寄出藝訊前，一定排除所有其他事務，合併運氣調息，方能應對即將上場的爭奪大戰。黃本蕊更屢次創下年度最高訪客人數的紀錄，常有未曾接觸過畫廊的人，單單看到海報或櫥窗即登門入內參觀，這是唯有黃本蕊能締造的盛況。

何以黃本蕊的作品擁有爆棚的魅力？自二〇〇八年尼尼問世以來，黃本蕊以畫筆撫慰了許許多多人的心靈，尼尼時而讓我們會心一笑，時而擦拭我們的眼淚，時而又和我們共享小小叛逆的樂趣。用藝術的語彙來說，尼尼是一個代表「人」的符號，每件作品像自畫像般映照出我們的種種心緒，那是一種近似「啊！這正是我的感受！」與我們靈魂產生的陣陣共感。

有些藝術家能獲得「人如其畫、畫如其人」的稱譽，黃本蕊確實是這樣一位真切面對自我、誠實面對創作的藝術家。相較於展覽旨在發表藝術創作的成果，這本書述說的是藝術創作的源頭。黃本蕊在書中透露身為妻子、母親、創作者、女性、地球公民，她在人世間扮演的多重角色帶來的所感所悟。與此同時，這本書讓我們看到豐富的靈感如何從黃本蕊的雙手自然流瀉，以多元的藝術形式抒發她的生命際遇。

誠如黃本蕊在書中所說，她的創作世界「是一個小小的人生，與一個大大的宇宙的互動、共存，甚至抗衡的世界」。不過她崇尚和平，從不搖旗吶喊，不企圖衝撞，而是用人文的雙眼與情懷，靜靜地觀看著、領會著、思考著，恰似安適於大千世界的尼尼。由於這樣柔軟而寬容的性格，在尼尼面前，我們「不用努力挖掘人生哲理，也不用參透生命的價值，在牠身上，我們只需要看到我們自己」。黃本蕊為一件作品取名為〈我泥中有你，你泥中有我〉，用這個作品名稱歸結她的創作之於「尼粉」的意義或許最為貼切，尼尼牽引你我的心，正是因為——尼中有我，我中有尼。

討論區 043

來自雲間的尼尼：
打開畫家的靈感之門

作者｜黃本蕊
出版者｜大田出版有限公司
台北市一〇四四五中山北路二段二十六巷二號二樓
E-mail｜titan@morningstar.com.tw http://www.titan3.com.tw
編輯部專線｜（02）2562-1383 傳真：（02）2581-8761

填回函雙重禮
①立即送購書優惠券
②抽獎小禮物

總編輯｜莊培園
副總編輯｜蔡鳳儀
行銷編輯｜陳映璇／黃凱玉
行政編輯｜林珈羽
校對｜金文蕙／黃薇霓
內頁美術｜張湘華

初刷｜二〇二一年五月一日 定價：四二〇元

總經銷｜知己圖書股份有限公司
台北｜一〇六台北市大安區辛亥路一段三十號九樓
TEL：02-23672044／23672047 FAX：02-23635741
台中｜四〇七台中市西屯區工業三十路一號一樓
TEL：04-23595819 FAX：04-23595493
E-mail｜service@morningstar.com.tw
網路書店｜http://www.morningstar.com.tw
讀者專線｜04-23595819＃230
郵政劃撥｜15060393（知己圖書股份有限公司）
印刷｜上好印刷股份有限公司
國際書碼｜978-986-179-612-3 CIP：863.55/109017606

國家圖書館出版品預行編目資料

來自雲間的尼尼／黃本蕊著．
——初版——臺北市：大田，2021.05
面；公分．——（討論區；043）

ISBN 978-986-179-612-3（平裝）

863.55 109017606